U0920358

梧桐栖龙

林为攀 著

上海社会科学院出版社

梧桐栖龙

目录　CONTENTS

第一章 贩鱼

梧桐揣着秘密走在初春的小路上。路两旁是梅花篱笆，篱笆内有几垄还未播撒种子的土壤，瓜棚早已搭好了，就等着夏天瓜果挂在上面惹出梧桐的口水。

梧桐走了几步停下来，她在听一阵风，这阵风是这个季节刮到梧桐耳里的第一缕风，带有草木生长的气息。但梧桐却在风里嗅到了牲畜的粪便味，她皱了皱眉头，然后挥挥小手赶跑风儿。

一只蜗牛拦住了梧桐的去路，她好奇地停了下来，用手指去量这个小玩意儿，发现它小小的，还没有她的指甲大，走在路上一不小心就会被踩死，就像那时无人留意的小梧桐。她用手捧起蜗牛，让它沿着篱笆攀爬。蜗牛伸出两个火柴棒一样的触角，很快消失在梧桐面前。

梧桐有些生气，她手上都是蜗牛留下的黏液，汗津津一片，一闻还有股臭味儿。她生气地离开了篱笆，跑到河边，蹲下来洗手。洗完后，手终于干净了，可是也将早上涂的雪花膏洗掉了，这下梧桐又变回了一个普普通通的女孩子，再也不能跟凤凰比香味了。

凤凰比她大两岁，学校的老师同学都叫她“香凤凰”，梧桐也想让老师同学叫她“香梧桐”，但她天生爱出汗，一到秋天只要做早操，汗水就像讨人厌的鼻涕，流个不停。至于夏天就更不用说了，吃着饭，碗里就落满了汗水，好在暑假在夏天，她不用当着老师同学的面汗流不止，否则他们一定会误会她这么大了还哭鼻子。

一出汗梧桐身上就会有臭味儿。

梧桐也想过不出汗的办法，比如去偷奶奶的蒲扇，像个大人似的扇个不停，又比如出汗之前跳进河里让河水吓走汗水。但是奶奶的蒲扇就像她穿的袜子，千疮百孔，老扇热风；而且她还没学会游水，不敢下河，怕被淹死。

一年四季，汗水总是跟梧桐过不去，好在春天她不流汗，所以梧桐最喜欢春天，尤其这个春天她有了自己第一个秘密，春天对于她来说，简直比雪花膏还可爱。

梧桐虽然不大，但她知道小孩有了秘密就说明离长大不远了，秘密越多，越接近大人。可以说，在梧桐的脑袋里，一个人长大的标志，不是看他吃了多少碗饭，过了多少座桥，而是看他心里的秘密有多少。

不过，她能保守住秘密吗?

梧桐很紧张，她的心脏跳得很快，这种情况只有老师叫她起来回答问题时才会有，有时得知语文成绩之前也会像现在一样紧张。梧桐偏科有些严重，以至于她的奶奶现在就在担心她将来考大学会因为偏科而失利。奶奶的担心直接跳到了九年以后，那时梧桐刚好十八岁。梧桐觉得奶奶真的老糊涂了。

梧桐只关心自己的语文成绩，说实话她对数学成绩从来没放在心上，用她私下里跟同桌陆禄的话来说，就是“数学有这么多数字，而我手指脚趾加起来才二十个，能学好才有鬼呢”。这话不知怎么就传到了数学老师的耳朵里。

数学老师在课堂上故意刁难她，让她起来背诵九九乘法口诀。梧桐站在座位上憋红了脸，还是只能背出三分之一，乘积大于十的一概不知，急得数学老师也涨红了脸，又不敢打，更不敢骂，因为害怕打坏这个语文老师的心肝宝贝，骂哭这个语文老师的贴心小棉袄。

与数学老师不一样，语文老师恰恰最喜欢梧桐。再加上语文老师是小学校长，所以数学老师除了让梧桐中午留下来背诵，什么办法都没有。梧桐站了很久，一直到午休铃响起，她还站着。本来梧桐站一站也没什么，关键是她看到一群同学簇拥着凤凰跑到了学校小操场的那两棵桂花树下。

不用想就知道凤凰又在炫耀自己身上的香味。凤凰是个虚荣的女孩儿，非把她妈妈给她涂的香味说成是自己天生的。

“又不是桂花树，哪来的香味，还不是偷偷喷了她妈的香水。”梧桐愤愤不平。

这两棵桂花树很大，盖住了老师的宿舍楼。有的老师晚上睡觉时，经常听到枯枝落在瓦上的声音。很多老师从那以后就睡自己家里，不敢再睡宿舍楼。听人说，这两棵桂花树不久就要卖了，没了桂花树的学校还是梧桐熟悉的学校吗？

这是梧桐当时的烦恼之一。

不过她的烦恼很快就被同桌陆禄赶跑了。那天刚好下了一阵急雨，雨量虽然不多，但也打湿了地面，那个漏雨的茅房就这样变得湿答答了，许多被尿憋得难受的同学上厕所都要十分小心，才不会滑到茅坑里。但陆禄却不怕，还光脚去撒尿，没想到刚把裤子脱下来，脚底就像安了车轮，不由分说地滑到了茅坑里。好在茅坑不深，这才没淹没他的头顶，不过这也够他丢脸的了，当时真把其他撒尿的男同学乐坏了，以至于尿都撒得断断续续的。有的男同学不想这件乐事自己独享，撒到一半就跑去告诉其他同学，刚把这事说出口，想起还有一半的尿忘了撒，又跑回茅房，看到陆禄已经从茅坑里爬出来了，身上的味道让同学们连连掩鼻。

臭味飘到了老师的宿舍，正在批改作业的数学老师和午休的语文老师同时从房里出来，看到一个泥人儿绕着操场哇哇大哭。这个泥人儿除了让老师不得闲，也让“香凤凰”气坏了，因为刚刚聚在她这朵花旁的蝴蝶此时都变成了逐臭的苍蝇，一窝蜂地吸附在了陆禄身边。

老师急得跺脚，凤凰气得半死，但梧桐却乐得像刚雨过天晴的天空，没有人知道此时她还在罚站，都以为她刚获得奖状呢。梧桐从教室里跑出来，经过凤凰身边的时候还故意捏紧了鼻子，然后跑到一筹莫展的语文老师面前。

“老师，我陪陆禄回家洗澡。”梧桐说。

语文老师大喜，赶紧答应了。旁边同样一头雾水的数学老师意识到什么似的，赶紧喊道：“梧桐，梧桐，你乘法口诀还没背出来呢。”然而梧桐早已经走远，听不见。

梧桐让陆禄走后面，她走前面。陆禄害怕被父母责罚，哭得更伤心了。梧桐大眼珠一转，说：“没事，你去河里洗，我去你家拿衣服。”

陆禄一听，破涕为笑，就想走上去感谢梧桐。梧桐赶紧让他停下，等他洗干净了再谢也不迟。

他们兵分两路，陆禄往河边走去，梧桐往他家里走去。一路上，梧桐都在想用什么理由跟他父母说，好在陆禄的衣服晾在了梅花篱笆上，她一抬脚就能够到。陆禄脱光了在河里洗身子，阳光下他像一条鱼儿一样在水里闪闪发光，很快看到梧桐抱着衣服走来。

他愣住了，突然间觉得梧桐真好看，这么一想又让他难为情，躲在水里死活不愿意冒头，任凭梧桐在岸上怎么叫。

“淹死了啊，再不出来我走了。”梧桐说。

陆禄在水面只露出一双眼睛，嘴里像鱼吐泡泡那样含糊不清。

“你说什么?”梧桐问。

陆禄把嘴露出来，吐了一口河水，说：“你转过身去我就起来。”

梧桐盯着陆禄，好像不认识他一样。过了一会儿，梧桐才羞红了脸，转过了身。陆禄一骨碌地从水里爬起来，然后拿起她放在岸上的衣服，三下五除二穿好。等梧桐感觉他把衣服穿好后，突然看到眼前出现了一身脏衣服。陆禄在后头怯怯地说：“麻烦你把我的衣服拿回去好吗?”

梧桐不想理他，回学校了。身后的陆禄摸着头想了半天，然后把脏衣服丢河里洗干净，没有洗衣粉也使劲搓了半天，除了把衣服搓出一道道褶子，该死的脏东西却还在。陆禄不管了，拿起还在滴水的脏衣服，蹑手蹑脚地挂在了梅花篱笆上。

陆母傍晚收衣服的时候，看到早上洗的衣服变了样，以为又是谁家的狗把衣服叼到了烂泥坑里，刚想骂人，转念一想不对，狗会叼衣服，可不会晒衣服，这一定是人为的。抬眼一看，小兔崽子刚好放学回家，再看他身上穿的，分明就是自己早上刚洗的，话还没出口，手就动上了，一把揪住陆禄的招风耳，让他快说到底怎么回事。陆禄虽然是谎话王，但在母亲面前，却比一个少先队员还诚实，一五一十全招了。

陆母一听儿子的遭遇，豆大的眼泪掉个不停，心疼地把陆禄揽在怀里，亲了又亲，啃了又啃，搞得陆禄脑子里的疑问像鸡皮疙瘩一样，越来越多。

“有空把梧桐叫家来，我要亲自感谢她。”陆母说。

陆禄没说话，丢下母亲跑进了房间，把书包一丢，躺在床上枕着双手在想心事。

自从这件事过后，陆禄就对梧桐改变了态度，也不在课桌上画“三八线”了，每天早上还会带吃的偷偷放进她的抽屉里。而梧桐也不太和他打闹了，甚至连话都少了许多。原以为他们的关系会一直这么下去，没想到现在梧桐有了一个秘密，她忍不住在想，要是陆禄能暂时替她保管这个秘密，那她就不会如此紧张了。

她真怕因为自己的紧张，让这个秘密从心里跑出去，从而被所有人知道，就像她每次写三百字的作文有时由于紧张写到一百五十字就结尾了。紧张是这两者的天敌，会让它们同时面临早产的危险。这是梧桐所不能接受的，所以这次她一定要死守秘密，等到合适的时机再公之于众。

但这个秘密太烈了，就像埋藏在地下的酒，不用开封，它本身的烈度就会让人们嗅到深埋在地下的它。她害怕自己的表情会暴露这个秘密，为了能让这个秘密保存的时间长一点，她才要去找陆禄帮忙。

她很高兴，蹦蹦跳跳地去找陆禄。这时她在往回走，走到那个梅花篱笆旁，再右转走五百米，就能看见一个砌着土墙的院子，在院墙上经常会看到一只拥有一顶火红鸡冠的公鸡，这只公鸡打鸣时，所有的居民都能听到。

梧桐每天早上被这只公鸡叫醒，然后吃完早餐背起书包去上学。而陆禄总要赖床一会儿，等到公鸡报完时了，才着急慌忙地一边往嘴里塞早饭，一边穿鞋往学校跑。这是梧桐第一次不是在早上和这只公鸡见面，这天刚好是傍晚，快到吃晚饭的时候。

梧桐要把在这个白天刚收获的秘密告诉陆禄。在早春二月，一切都像个害羞的小姑娘，还放不开，要再过半个月，等梧桐开学后，一切才会大气起来，到时陆禄家院子里的石榴树开了花，河水发了怒，稻田里的秧苗也密了。更重要的是，梧桐的书包也会变重不少，只有到那时梧桐才会重见熟悉的一切。如果她的秘密到时还没泄露，梧桐就会亲自带陆禄去看那个秘密的发源地，只要想想陆禄可能会有的反应，梧桐就感到好笑。

于是梧桐冲公鸡打了声招呼，但高傲的公鸡没理她。梧桐自讨没趣，看到院门没关，径直走了进去，院里的石桌石凳让她的大眼珠忘了转，赶紧跑过去坐下，这一坐又把她凉坏了，吐吐舌头连忙站起来，听到屋里传出说话声，轻手轻脚地来到屋檐下偷听。

“多吃点，过几天就要开学了，要好好学习。”这是陆母的声音。

“知道了。”这是陆禄的声音。

“我看梧桐这孩子挺好，将来做你老婆好不好?”陆母笑道。

“妈。”陆禄撂下碗筷跑了出来，刚好撞上外面脸羞得通红的梧桐。

梧桐低着头一溜烟似的跑了。陆母从屋里听到动静，端着饭碗出来，看到儿子愣愣的，忙问怎么回事。

“梧桐刚来了。”陆禄小声说道。

“你这孩子怎么这么不懂事，也不留她吃饭。”陆母抱怨道。

跑到路上的梧桐越想越委屈，她边跑边哭。哭声吓跑了暮归的老黄牛，急促的脚步差点踩死路过的青蛙，就连平静的河水看到她的样子，都不敢激起水花，一切都要为这个受了委屈的小女孩让路，因此天也比平时黑得更快。

河里有渔夫捕完鱼刚靠岸，渔网中的鱼比岸上的沙子还多。渔夫老贺看到了梧桐，从渔网中找出一个彩色的河螺，要送给这个每次见到都会甜甜地喊他一声贺伯伯的懂事小孩儿，没想到这次却让老贺纳闷了。只见梧桐不仅好像没看到他这个人，更对他手上拿的河螺视若无睹。总之，老贺当时就像变成了一个透明人，这个名叫梧桐的小女孩头也没抬就直接跑掉了。

老贺站在摇晃的船上，吃不准到底哪里开罪了梧桐。看着梧桐离去的背影，他抬起被寒冷的河水割出无数道口子的手摸了摸秃了不少的头顶，然后将河螺放到嘴边，用河螺声开解自己内心的不解。

河螺声非常悠扬，就像夏天在桂花树上鸣叫的蝉。不，准确来说，更像春天燕子南归时的振翅声以及它们站在电线杆上吻颈时的呢喃声。只用一个河螺就能吹出这么多种声音，老贺其实比梧桐学校里那个将钢琴踩得像缝纫机一样的音乐老师还厉害，但是没有人请他去教音乐，因此老贺每天只能靠捕鱼为生。

在出河的日子里，老贺经常会忘记时间的概念。因为河水在冬春之交流动缓慢，若是在北方，河水可能会被冰雪凝固，在河里的鱼儿就会变成琥珀中的虫子。如此一来，就会让老贺在这段时间喝西北风，更会让他的老婆没钱买香水，他的女儿凤凰也不能再用自己身上喷的香味贿赂那些跟梧桐要好的同学了。

好在这里是南方，在冬天还能靠河吃饭。老贺站在出河的船上，望着水面的涟漪，经常连船上的发动机熄灭了都还不知道。他的思绪已经跳进了涟漪中，里面有他在现实世界里无法拥有的东西，比如一架钢琴、一张乐谱。只有当放进河里的渔网挣扎了，从而让涟漪变成了翻滚的波浪后，他的思绪才会回到船上，回到这个他已经看腻了的无忧河里。

渔网中捕获的是一家三口每天的口粮。每年开春时，老贺都会在第一网鱼中抓起一条率先进网的鱼，谓之开河鱼。一般情况下，单单这条鱼所售的价格就比整网鱼加起来的价格还高。在这个二月天里，老贺刚刚出河，也就是说这天在他的船上将有一条人人争相疯抢的开河鱼，老贺在梧桐离去后，将河螺从嘴边摘下，然后将它丢进睡醒的河里，最后一个人将整网鱼拖到岸上。

岸上有块巨大的青石板，青石板下有个水坑。老贺将所有鱼倒进水坑里，然后拧开船桅的白炽灯。电灯的光亮会提醒家家户户打鱼人老贺回来了，要想争到开河鱼，在吃饭的要放下碗筷，已经入被窝的要扯掉被子，喂猪的要先饿一会儿猪，如果慢一步，不仅抢不到这条鱼，可能连鱼长什么样子都不知道。

所以当船上的电灯亮起后，很快岸上就聚满了人。夜幕低垂，白炽灯的亮光可以让住得最远的人看到，从而最先跑过来。老贺看到人差不多到齐后，也不说话，只是将盖在水坑里的渔网撤走，众人看到一水坑的鱼在灯光下和月光下鼓着腮呼吸，鱼鳞被挤掉不少，落在青石板上像一双双愤怒的白眼。

然后就会看到鱼群中哪一条是开河鱼。开河鱼仅凭老贺说，不算，一定要它自己证明自己。它在众鱼中最为活跃，鱼鳞也最锋利和明亮，靠强壮的身子和刺眼的鳞光，开河鱼会在众鱼中脱颖而出，首当其冲跳到青石板上。

只要哪条鱼头一个跳到青石板上，众人就知道开河鱼会点燃这个看似沉闷的夜晚，会让最不爱夸人的人竖起大拇指对它赞不绝口，更会让平时耷拉着一张脸的人活动自己的笑肌，大方地将自己的笑容赠送给它。

在这些人中有一个老人和小女孩格外引老贺注意。这是梧桐和她的奶奶。梧桐委屈地跑回家后，为了不让奶奶担心，像个没事人似的坐在了饭桌上，奶奶已经将晚饭做好了。吃过饭后，梧桐洗了碗筷，喂了鸡，并在屋檐外的矮凳上坐了许久，直到月上柳梢，她才挪起自己的小屁股，准备回房间睡觉。可那晚还没到十五，月光却分外明亮。听到屋外的喧哗声，梧桐这才知道今天是抢开河鱼的日子。

本来她想独自一个人过去看看，忽然听到身后屋里有动静，跑进去一看，原来已经上床的奶奶不知道何时已经起来了，正在翻箱倒柜，找出一个红袋子，从里面哗啦啦倒出许多硬币和一些角票。

“奶奶，你不睡在干吗?”梧桐生气了。

“买条开河鱼吃吃。”奶奶说。

“你这点钱够买什么，快去睡觉。”梧桐哭笑不得。

然而奶奶却揣上这些硬币和角票拉上梧桐的手，嘴里说去看看也好。梧桐拗不过她，只好扶好奶奶慢悠悠地往岸边赶。等她们到的时候，岸边已经围满了人，这些人发扬敬老爱幼的优良传统，自动让开了一条道。说来也奇怪，一直念叨眼神不好使的奶奶却在这个夜里，隔老远就看准了哪条鱼会是开河鱼，等这条鱼终于跃上青石板证明了自己的身价后，梧桐深吸一口气，直言奶奶有未卜先知的能力。

预测很多人都听见了，老贺也不例外。但这些人都认为这个老人只是刚好蒙到了，不作数，只有老贺觉得这个老人不简单。为了表示对未知能力的敬畏，更为了照顾这个与孙女独自生活的老人，老贺用这条开河鱼当作礼物，免费赠给老人。此话一出，这个沉闷的夜晚顿时炸开了锅，不过不是因为开河鱼，而是因为老贺的举动。

老贺此举破坏了持续了十几年的规矩，很多人以为老贺在开玩笑，已经争先将钱从兜里掏出来了，但看到老贺虽然一脸乐呵内心却无比坚定的样子，这才觉得老贺这王八蛋不是在开玩笑。就在老贺准备用一根绳子串起开河鱼的腮，将鱼提给老人时，众人突然在鱼腥中闻到一股浓郁的香气。

于是掏钱的老陆自动退到一边，将位置让给香气的主人。不用说，这是老贺的老婆春姑来了。春姑为了避免老贺做错事，已经顾不得鱼腥熏不熏人了，一把伸出涂了红指甲的手，粗暴地将鱼抢了过来，让老陆把揣进兜里的钱快点掏出来，这条鱼就是他的了。老陆见状，高兴坏了，伸手就去掏兜，却发现刚才摸起来硬硬的钱已经不翼而飞了，以为掉在了地上，吓坏了，赶紧让众人抬抬脚，他要找钱。

找了一圈，哪里还有钱的影子。老陆没有丧失理智，觉得小偷还在现场，便不由分说要检查每个人的兜，其他人当然不乐意，抱着胳膊不让他近身。老陆比其他人长得矮小，不敢用强，但又不甘心钱鱼两失，就蹲在地上想用自己的可怜样感召小偷，让他行行好将钱还回来。

其他人都抱着胳膊没去看他，而是去看春姑。准确来说，是看老贺。这是一个非常关键的时刻，虽然平时大伙都知道在贺家，一般都由春姑说了算，但他们还是想亲眼看看是否真如众人说的那样“老贺连拉个屎都要看老婆的眼色”。因为在小事上，可以由老婆做主，但在大事上，一般都由男人说了算。所以这些齐刷刷盯着老贺的眼睛就多了一股其他的意味，这是证明老贺到底是男人还是孬种的直接凭证。

老贺当然也知道这个道理。他是一个非常和气的人，结婚这么多年来，从来没有急过眼，更没有打过人，他把自己最真实的一面都放在了无忧河上，放在了无忧河晃荡的渔船上。只见他又去摸自己的秃顶，脸上还嘿嘿乐个不停，大伙只要看见老贺这副样子，不用再往下看，都能猜到他到底是男人还是孬种。于是这些人脸上难掩失望，抬脚准备回家睡觉。

蹲在地上做可怜状的老陆此时也被人拍了拍肩膀，不过他不知道发生在他面前的这一幕，还以为小偷终于大发善心，要还他钱了，于是兴奋地抬起头，却看到自己的小兔崽子陆禄的脸。

“爸，回家吧。”陆禄说。

老陆气坏了，虽然在其他人面前大气不敢出，但在自己的儿子面前，还是颇有几分威严的。他二话不说，站起来揪起儿子的招风耳，陆禄吃痛不过，瞬间眼泪汪汪。没哭也就罢了，一哭就让老陆像见到血的狼，彻底丧失理智了，他要在自己儿子身上找回业已消失的男人自尊，于是非但不罢手，还两手并用，一手揪住一只耳朵。陆禄不敢哭出声，更不敢反抗父亲，只能用两只手护住双耳。

“爸，我知道你的钱在哪?”陆禄情急之下说道。

“哪?”老陆说。

“你把手松开，我就告诉你。”陆禄说。

“好啊，现在居然敢和老子讨价还价了。”老陆更生气了。

不过气归气，他还是把手松开了，在灯光和月光的照射下，老陆看到儿子的双耳红肿，虽然心里不落忍，可嘴里还是不愿说软话，依旧对其吆五喝六。陆禄见父亲松手后，慢慢从自己兜里摸出一把钱，排在掌心，老陆一看正是自己的钱。

“好啊，日防夜防，没想到家贼难防。”说着抢过钱又动上了手。

此时他也不管什么开河鱼不开河鱼了，教育儿子才是当务之急，在众人的笑声中将儿子揪回了家。

再看这边，老贺由于常年的操劳，背驼了不少，即便每天在人前强撑着挺直腰杆，不过只要一不留意，又会将背弯下去，就像大地是一块磁石，要牢牢吸附他这块铁一样。老贺铁一般的意志在这个夜里受到了挑战，虽然脸上还是一副笑呵呵的表情，不过有眼尖的人已经看出老贺正在酝酿愤怒了，这点从他额头上立现的青筋就能一窥究竟。只不过愤怒离老贺有点远了，他要慢慢将它找回来。

春姑作为老贺的枕边人，其实一点都不了解他，还以为他会像往常一样，对自己言听计从，让他别在自己在家的时候拉屎，真的可以把一泡屎从早上憋到晚上；让他去镇里给自己买化妆品，真的可以立马离开牌桌骑上摩托车花两个小时去镇里，回来时刚好能赶上自己化妆品用完的那一刻。这一切的一切都说明，老贺是个使用起来很趁手的老公，随着时间的推移，春姑在老贺的听话中逐渐打消了自己一朵鲜花插在牛粪上的失落感。

看样子今夜也不会例外，春姑得胜般地提着那条开河鱼就要回家，本来她还想问问谁会出钱买，不过大伙好像都没有掏钱的意愿，于是她私自决定，这条鱼留给自己吃了，看看味道和普通的鱼有什么区别。由于开河鱼腥味过重，提在手里黏糊糊的，所以她让站在旁边不发一言的女儿凤凰提。

这正中凤凰下怀，提过鱼后，凤凰的鼻孔还冲梧桐出气。梧桐拿她没有办法，就拉起奶奶的手准备回家。梧桐扶着奶奶刚走两步，突然听到身后发出一阵尖利的哭声，她下意识地回头去看，看到灯光在哭声中有些晃动，就连月光都好像被哭声吓离了原位。

哭声源自春姑。老贺终于找回了消失已久的愤怒，在老婆扭着屁股即将离去时，上前一把拖住对方的黑发，然后将其掀翻在地连削了两巴掌。留在原地的女儿凤凰陌生地看着父亲，刚想上前劝说，却看到父亲睁着一双通红的眼睛向自己逼近。凤凰不由得往后退，终究慢了一步，父亲已经冲上来了，凤凰丢下鱼护住头大叫不止，浑身止不住地颤抖。

但想象中的拳头没有落下来，凤凰这才敢把头抬，这一看又让她恨得咬紧了牙关，只见父亲将地上的开河鱼送到了梧桐手上。梧桐也看到了凤凰瘆人的眼神，接也不是，不接也不是。老贺好像意识到了什么，往后把眼睛一瞪，霎时让凤凰的目光熄弱了不少。梧桐这才敢伸手去接。

“以后要是有人欺负你，就告诉我。”老贺安慰梧桐。

“谢谢贺伯伯。”梧桐甜甜地叫道。

这一声亲切的“贺伯伯”立马让老贺找回了往日柔情，他呆呆地看着眼前的梧桐，用手慢慢地去摸她的头发。奶奶在一旁见状，愤怒地拉起梧桐的手，头也不回地走了，只留下老贺在原地对着虚无一阵愣神。

过了一会儿，老贺听到身后传来断断续续的抽泣声，方才想起还有家事未了。他先来到女儿凤凰身边，让她去将妈妈扶起来，凤凰不敢不从，赶紧跑到母亲身边去拉她，但春姑死活不起来。老贺懒得再管，将水坑里的鱼一条一条捡到渔网中，然后扛起来丢进船上的桶里，最后熄灭电灯。

岸边立马暗了不少。

他站在摇动的船上，看着熟悉的岸上。岸上有一个伤心的女人，正把一张泪脸埋在膝间，瘦弱的肩膀不住地发抖，一头如瀑秀发倾泻在如银的月光下。他知道春姑，这个在今夜才知道自己脾性的女人，已经吓坏了，此时正等着自己给她台阶下。

不过老贺不想这么快换上笑脸，他要过几天再用原样对待她，若现在就给她赔礼道歉，那他今晚发的火、动的手就没有什么意义了。他此时的思绪已经完全融化在了这片月光下，今夜的月光非常难得，如果能小酌一杯就再好不过了。不过他不敢对此有任何奢望，只是站在船头看看月亮就好了。

此刻距离正月十五还有两天，但月亮已经提前让自己圆润起来，如果不去看日历上的日子，他甚至都觉得今夜就是十五，今夜就是一家人坐在桌上吃团圆饭的月半时分。

就在老贺还沉浸在月光下时，春姑已经站起来了，她理了理自己的乱发，然后从兜里掏出那面随身携带的小镜子，在月光下照了照，发现脸没肿。老贺这浑球还是念夫妻之情的，没有下狠手。她黑着一张脸来到船头，冲老贺不带任何感情色彩地说道：

“过两天凤凰开学，学费你想办法。”

老贺这才想起这次出河打鱼，是为了给女儿凑学费。这样一想，瞬间觉得刚才自己有失周全了，便不由得对春姑充满怜爱起来。然而这腔柔情春姑却不想受用，拉起女儿的手回家了。

待春姑、凤凰离去后，老贺肚子叫上了，这才想起晚饭还没吃。回去等待他的肯定是清锅冷灶，所以他打算去别人家解决晚饭，主意打定，他从桶里提起一条鱼，跳上了岸。他站在岸边打量谁家还亮着灯，发现老陆家的灯光最耀眼，仿似在招手叫他进去吃饭。

他踩着自己的影子来到了老陆家门外。陆家的院门已经关上了，那只负责报时的公鸡也站在院墙上睡着了，从院子里伸到路面的石榴树仔细看已经抽蕊。老贺刚想敲门，就听到从屋里传出的声音。

“你这小兔崽子，老实交代，还偷了老子多少钱?”老陆骂道。

“没，我刚才只是看到爸爸你的钱掉到了地上才捡起来的。”陆禄委屈地答道。

“孩儿他爸，既然钱找到了，就饶了小陆吧。”陆母劝说道。

“惯，惯，惯，你就使劲惯吧，早晚把他惯进牢里。”老陆火气更旺了。

陆母叹了口气，闪到一边，越想越伤心，眼泪说掉就掉。

这种情况老贺不敢进去自讨苦吃。他哪怕是一个清官，都断不了自家事，遑论他人的家事。所以他提着鱼又去找下一个亮灯所在。这个月光下的小村落，平时他闭着眼睛可以认出每一户，现在他睁着眼睛却不知道该往何处去。

他就这样漫无目的地往前走，离了老陆家，旁边即便密密匝匝地有许多人家，可每一个人家都关了灯，闭了门窗，没有一处欢迎他。这种情境像极了他每次出河打鱼的时候，船刚刚发动，他还能听到身后人群的说话声，当船越驶越远时，留给他的只有一望无际的芦苇荡。

有时船穿梭在芦苇荡里，就好似来到了一个被人遗忘的荒凉之地，其间只有鸟类觅食的声音，船声会惊扰在此地栖息了数年的鸟族家庭，不同种类、大小不一的鸟儿就会“砉”的一声布满天空，落下的鸟粪甚至会弄脏他出发前打扫干净的船身。

芦苇荡里有许多鸟窝，里面有布满斑点的鸟蛋。这些直飞天空的鸟儿在渔船的嗒嗒声消失后，会陆续回到鸟窝里，孵蛋的孵蛋，筑巢的筑巢，捉虫的捉虫。鸟族家庭分工明确，各司其职，不会像他一样，一人身兼数职。虽有鸟声陪伴，不过只要在河面漂荡几个小时，他就会格外想回到岸上。岸上虽无一处自己真正的安身之所，但在路口小卖部里的那张牌桌上，会有他往日的欢乐时光。

此时他像漂荡在河面一样，四顾茫然，走了一会儿，幸好又看到一圈颇为亲切的灯光。他知道这是梧桐家。他抬起了梧桐家大门上生锈的门环，刚想敲门，里面又出现了让他不解的声音。

“桐儿，你这两个是什么蛋?”奶奶问。

“鸟蛋啊。”梧桐说。

“桐儿，别胡说，快把它们丢了。这种蛋留不得。”奶奶急道。

第二章 饲龙

梧桐没想到，秘密还没来得及告诉陆禄，就已经提前被奶奶知晓了，这都要怪那条讨厌的开河鱼。

梧桐此刻看到奶奶恐惧地提起那条放进水缸里的开河鱼，因为水缸里面有两颗澄明的巨蛋，在水底像两块有鱼儿游卧其中的鹅卵石。奶奶拎起开河鱼后，去另外一个放腌梅菜的房间取簸箕，然后一副老迈的身躯又摇摇晃晃地出现在梧桐面前。梧桐看着放进盆中的开河鱼，看着掉了几片鱼鳞的这条鱼，第一次觉得鱼比陆禄家那只每天早晨喔喔叫的大公鸡还讨厌。

她发誓一口鱼汤都不会喝。

奶奶取来簸箕后，整个上半身趴在缸沿，用簸箕去铲缸底的两颗巨蛋。梧桐看着矮小的奶奶甚至脚都离地了，还不放手，梧桐没办法，从屋檐外拿来那张已经打了夜雾的矮凳，放在奶奶脚底，这才让这个臭脾气的老人顺利将蛋铲起来。

不知是不是由于刚从水里捞起来，这两颗巨蛋表面光滑洁净。梧桐担心地望着在簸箕里滚动的蛋，只见它们宛如史前巨蛋，在簸箕里互相碰撞，然后又各自散开，好像它们一会儿是相互吸引的阴阳两极，一会儿又是天各一方的南北两极。

巨蛋的平稳或翻滚全要仰赖奶奶走路的步态，但以奶奶此时的年岁来看，或以她见到它们之时与年纪不相符合的少见多怪来看，巨蛋在彻底被她毁灭之时，都会在摇晃中度过自己的余生。

想到这里，梧桐有些悲伤，她想起了白天邂逅它们时的情景，那个时候它们也在这样的摇晃中即将迎来自己的毁灭之路，还是她及时挽救了它们易碎的生命。唯一不同的是，那时的它们在一棵高大的树上，而现在的它们在一双苍老的手上。

高大的树上有一个像簸箕一样的巢穴，看上去像鸟巢，又比普通的鸟巢大几倍。梧桐的第一感觉是像巨鹰巢，只有飞起来能遮挡太阳的巨鹰的巢穴才能如此之大。巢穴用松枝筑就，貌似结实，实则受不了一丝风吹雨打。当梧桐见到它时，它已经快要从高树上掉落下来了，好在有个细小的枝丫挂住了它。

这棵树位于山顶，梧桐之所以一人去登山，是因为语文老师安排的寒假作文她一直没有思路，眼看就要开学了，作文还是一字未写。在这种情况下，梧桐只能走出房间，去户外看看。她先是来到河边，望着被晨雾笼罩的河面，思绪还是像被胶水黏住了，她无法将它转化成灵感。

她在河边站了很久，起来劳作的人看到一个小女孩满腹愁思地望着江面，以为她遇到了什么难事，便放下手里的锄头，走过去对她说：

“你这么早起来干吗啊?”

梧桐没有回答，转过身发现此人是陆禄的母亲。陆母已将锄头换了肩，但手上还提了一个红布袋子，很多嫩芽从袋子里冒尖，梧桐这才明白已经到播种的时候了，而她不要说播种，连写作文的种子都还不知道上哪里找。于是她眨了眨长睫毛，好奇地凑过去看陆母手上的谷种袋。

陆母笑了，将袋子打开，梧桐看到里面的种子全都发芽了，嫩芽像极了婴儿胖乎乎的小手。想到这的梧桐做了一张鬼脸，让陆母不解其意，只有梧桐知道自己在做什么，因为她把发芽的种子比喻错了，应该比喻为老爷爷的白胡子才对。不过，即便及时修改了自己的想法，她还是觉得自己错得离谱，虽然照目前情况来看，嫩芽确实很像白胡子，然而人要向前看，尤其作为一个对生活持有热情的小学生，更应该明白种子发芽只是第一步，她要想到种子变成秧苗的那刻，更要想到秧苗抽穗最终结出累累谷穗的收获时节。

这就是语文老师常教她的，看待事物起码要看三步以后的事。因为想在这次的作文中证明自己领会了老师的良苦用心，所以梧桐的作文才会如此难产，以致她要赶在开学之前快点将作文写完。

陆母很喜爱这个可爱的小女孩，欲邀她吃饭，然而此时已经打开了思路的梧桐哪还顾得上吃饭，她要再去别处走走，等像蜘蛛网般的思路最终成茧后才有时间填饱肚子。于是梧桐像个老先生那样负手走了，只留下陆母在原地望着泡了几个夜晚的谷种，以为拿错了种子。

等陆母回到家找了几遍后，才确定自己没拿错，这就是谷种无疑，不是什么豆种、菜籽。陆母怪自己这么大个人了，还如此不稳当，然后想起让她乱了阵脚的梧桐，冲着门外嗔怪了一声：

“这小妮子，真让人看不透。”

梧桐走在路上碰到了很多人，不过只有出现让她好奇的事物她才会停下来看一会儿，而像黄牛、白狗和黑猫等诸如此类常见的玩意儿，她一概视而不见。她已就这些常见的乡村动物写过太多作文了，如果再写它们，在新意上首先就输了一筹。可是这个坐落在山谷里的小村落，哪有这么多新鲜事物供她书写？本来她想下河看看，河里应该有很多陆地上没有的奇特景观，可遗憾的是，她还没让陆禄教她游泳，虽然陆禄无数次通过扎猛子的方式看过河底，但她不想让他讲给自己听，因为借助别人的眼睛写的东西肯定有失真实。

而遇到的这些人，有些甚至都没到过县城，一辈子就在这里扎根，别看他们年纪比梧桐长，他们所理解的事物和所看到的景物，可能还不如心细的梧桐想得深，看得多。所以她这回不仅没去逗路上见到的猫狗牛羊，也没去跟这些人打招呼，照旧负着手从他们面前直直走开。

梧桐不担心自己的失礼惹来人们的非议，而是害怕这些人出于热情跟她打招呼，从而吓跑她脑海中渐成雏形的作文框架。所以她这天要把自己当成一个没有表情的人，最好还要有一些不易亲近的冷酷。只有如此，这些人才不会来热脸贴冷屁股。看来计谋奏效了，这些人真的没来打扰她，她很高兴，不一会儿就来到了那条上山的小路边。

她仰头看了一眼笼罩在晨雾中的高山，发现山巅被雾挡住了，让这座高山看起来比往常矮了许多。就是在这时，梧桐想起了语文老师从家里带到教室的那个地球仪。用手转动小小的地球仪，就能在须臾之间遍览七大洲四大洋的地貌特征。

梧桐在地球仪上无法直观理解太平洋到底有多深，南极洲到底有多冷，即便语文老师已经非常准确地解释说明了。不过，梧桐还是想写出一篇具有俯瞰广度和仰望高度的优秀作文。要做到这点，在平时的事物中当然无法实现，只有在此时她站的方位上，仰望的高度才有可能实现，而要达到俯瞰的广度，非得上山看看才行。

梧桐说做就做，一个人胆大地上山了，山上的风光确实和山下不一样，才登了百来米梧桐就觉得来对了。山上的密林里鸟声婉转，泉水叮咚，尤为让她兴奋的是，错落有致的树木会将这些声音折射出好几种幅度，导致她虽然无法一次性听全鸟叫声，但总会在继续走几步后听完余下的鸟声。

这种全新的感受是在书本中学不到的，为此她恨不得赶紧下山去，将这种会转弯的声音写下来，但转念一想，还没上到山顶就这么有趣了，真到了山顶有趣的事情只会多不会少。她细心地留意山上的每一棵树、每一片叶，纵然许多树叶还叫不上名字，不过好在可以利用比喻的技巧，将这些树叶转换成自己和老师能够理解的平常事物。

比如那棵高耸入云的树木就可以比喻成一把撑起来的雨伞，那片具有好看纹路的叶子则可以比喻成蜗牛爬出来的路。至于其他的东西，只要梧桐能想到转换的喻体，就不愁无法书写它们。上山之前，她一直以为会在中道半途而废，没想到自己的精力虽然消耗在了上山的路上，但很快这些非凡事物又为她补充了能量。

直到此时，她才明白那些整天嚷嚷登山会累个半死的人错了，如果他们也能像她一样，即走即用美景补充体力，不要说这座海拔只有几百米的山了，就是地球仪上那座珠峰，她都能成功登顶。

唯一让她没想到的是，此时还是早春时节，山上的温度比山下低，她要抱紧胳膊才能有足够的体温走完剩余的路。好在山顶就在眼前，只要到了山顶，让带有晨曦的春风一吹，这点寒冷就不在话下了。

在逐渐接近山顶时，她却停了下来，因为她看到山顶上的那棵巨树好像有动静。一定不是鸟儿或者其他动物发出的动静，也不像蛇，倒像突然有巨人用巨手摇晃了一下山顶，这让梧桐的心都差点跳出了嗓子眼。远远看过去，梧桐就知道这棵树是一棵松树，已经长出了人体一般的树枝，再细看，连树皮都像极了奶奶额头的皱纹。

“这棵树成精了。”梧桐感叹道。

每棵老树都有一段尘封的故事，就拿梧桐学校那两棵桂花树来说，树龄起码在百岁以上，每一块深邃的树皮都镶嵌了一段不为人知的过往，不过幸好在阅览室里有一本蒙尘的校史记录了这两棵桂花树的成长经历。

多亏了语文老师，梧桐才知道桂花树的年龄以及在成长过程中所遇到的数次战争。

然而山上的这棵老松树，却不为人知，如果不是梧桐今晨心血来潮上山，说不定直到它枯萎死去都不会有人知道它曾经屹立在高山之巅，沐浴着春风秋霜，望着山下那方小小的村落，感受过居于其间的人们的喜怒哀乐。

这里的人一直将山下的那条无忧河当作母亲河，因为它既解决了吃水问题，又给人们捎带了鱼虾蟹鳖，因此将它比作用乳汁哺育孩童的母亲倒也贴切。不过有母亲河，一定会有父亲山或者其他相应的东西，就如一个孩子只有父母双全才算有一个完整的家庭。同理可证，一座村庄不仅要有母亲，一定还要有具备威武气质的父亲才能让这座村庄茁壮成长。

在此之前，梧桐也像大多数人一样，安于只有一条母亲河的现状。不过现在，她终于意识到与之相对的是要有一棵父亲树，而眼前这棵遒劲的松树恰好可以充当这个角色。

想到这儿，梧桐真觉得不虚此行。此时她不忙着走完剩下的几十米山路，而是找到一个开阔的地带眺望变成手掌一样小的村庄。在这个掌心里，她可以看到那条象征生命线的无忧河，正好将这座村庄一分为二：靠近东方那条横着的感情线的是梧桐家所在的位置，她就在那个方位从呱呱坠地逐渐长成一个忧愁的小女孩；西边靠近智慧线的是学校所在地，她和陆禄等同学从七岁开始就在里面读书写字，从而具备了最初的智慧。婚姻线也在东边，不过很多家庭的婚姻并不幸福，不去说凤凰家，不去说陆禄家，就连她自己家，也没有过婚姻一说，因为从小到大，她只有一个奶奶，从没有见过父母。

这也让她非常疑惑，如果没有走进婚姻生活的父母，那她是从哪里来的?

这么一想，又揭开了梧桐内心深处的伤疤，她的心旋即隐隐作痛。她忍住不去想，单单想身后那棵能给她带来写作思路的老树。幸好，这么多年来，她已经学会了如何在悲伤和愉快两种情绪中来回切换，否则她哪能长这么大，即便能长这么大，哪能活得如此开心快乐。

这片开阔地带有一块供登山者休憩的青石，梧桐站累了，走过去用小手扫掉落在上面的枯叶和蠕动的小虫，然后一屁股坐下去。靠近山巅地带的风可以畅通无阻，从四面八方呼啸而来，然后被山巅这棵老松树阻挡，所以当梧桐转过身看到它时，误以为它叶片的簌簌作响是在欢迎她的到来。

阳光已经很烫了，折射到树叶上变成了亮晶晶的碎镜，梧桐在这一片又一片的残镜中，仿似看到山下所有居民家里的灯光，每一盏灯中都有一幕阖家团圆的温馨画面。她找了很久，终于找到一束微弱的灯光，那就是她的家。她的家不像别人家笑声不歇，而是沉默无声，即使她吃饭时想说几句话，奶奶都会用筷子打她，让她坐有坐相，吃有吃相。

当山风从另一边吹来时，梧桐就看不到这些灯光了，因为山风将叶片吹到了她目不能及的地方。于是她擦了擦有些湿润的双眼，不去想山下的往事，而是从青石上用双手撑起身体，然后跑到树下。

老松树在地面留下了一大片阴影，小小的梧桐站在阴影里，就像一只蚂蚁在仰望一朵广袤的云朵。她以为树上会有山下看不到的鸟儿，会有只在电视上见过的松鼠。她仰着头用目光掠过每一片叶子，扫过每一根树枝，非但没见到松鼠，就连普通鸟儿也没看见，她感到很奇怪，心想这棵树是不是不欢迎鸟儿在它身上筑巢。

这么一想，又让她顿时觉得这棵树也年纪大老糊涂了，因为在人们的印象中，有鸟筑巢的地方一定是一个祥和之地。不去提在电视上和书上看到的那些未经证实的荒诞现象，就拿梧桐生活的这个小村庄来说，这种事每年都会见到，尤其在这个播种的最佳时节更为常见。

每年的这个时候，梧桐都会被窗外的鸟声惊醒。一般到这个时候，陆禄家那只报时的大公鸡就不得不退居幕后，将报晓的任务交给这群南归燕。当然燕子不仅仅负责报时，更负责报春，因为只有它们到来，人们才知道种子该发芽了，发完芽该播种了。

燕子在报时的间隙也要搭建自己的窝，这是一个非常关键的时刻，不是对燕子很关键，而是对人们很关键，如果燕子能来自己家屋檐筑巢，谁家就会被公认为是最平安的家庭，县里甚至会让人给这个家庭颁发一张“平安家庭”的荣誉证书，就贴在门上，让每个过往行人都能看到。

所以在燕子筑巢的那段时间，人们甚至会放下手中的活计，整日里望着燕子低飞的天空，有的人看得累了，就会暂时回到客厅休息片刻，茶还没泡好，就听到身后的屋檐下有响声，以为燕子来家里了，兴奋地迎出去，抬头一看，原来是只臭不要脸的麻雀在偷吃他挂在屋檐下的腊肉。

他立时拿来一根竹竿，将这只麻雀捅走，然后扶着竿继续等候燕儿的到来，明明看到拥有一把剪刀一样的燕子往自家飞来，突然一个急转弯，又往别处飞去了。而那两只在电线杆上交头接耳的燕子还顾着谈情说爱，一点都不着急房子还没着落，不是这只给那只用喙清理羽毛，就是那只给这只用头去蹭翅膀，一副恩爱的样子，委实急坏了这个扶竿而立的人。

燕子飞过的地方一派繁花似锦。梧桐经常跟踪燕子，说来也奇怪，燕子不像其他鸟类，看到人就落荒而逃，反而会挑衅似的斜飞过来，好像知道自己非常重要，这些人不敢拿它们怎么着一样。

梧桐也是在一个很偶然的时刻发现燕子有化腐朽为神奇的能力的，或者说燕子作为园丁的本领。那天她从床上慵懒地爬起来后，推窗望去，燕子经过的地方已经长出了青青草，盛开了红红花，但燕子还没经过或者还未来得及经过的地方还是一副苍凉景象，不仅枯草丛生，树叶也像失去水分的面庞，萎得一碰就皱。

而且燕子最常去的是学校，是那两棵高大的桂花树，也就是说，在这个小乡村，每年最先进入春天的要属这个教书育人的学堂。当梧桐发现这个奇特的现象后，牙也不刷，早饭也不吃，随便穿了一件衣服就跑出了门，害得刚把早饭做好的奶奶以为孙女被什么东西上身了，也赶紧跑出去看，嘴里还不停喊着快回来。跑到门外一看，身穿红衣服的孙女像团炽热的火焰一般，在乡村路上熊熊燃烧。

梧桐忘我地追逐着飞在头顶身着红肚兜、披着黑礼服的燕子，她要将燕子赶到那些被春天遗忘的角落，比如那条还结着薄冰的无忧河，让它们破完冰后，在水底闷了一个冬天的鱼儿就能跳上来喘口气，但燕子好像看穿了这个小妮子的用意，死活不往河边飞，当快到河边时，又来一个一百八十度的大转弯，往她家飞去了。

身后的梧桐扶着腰，累得不断冒汗，对这群调皮的燕子一点办法都没有。而且她此时也生出了一个鱼泡泡一样大的疑问，都说北方比南方冷，为何燕子却要去北方过冬，直到春天时才回南方？

看来书上说的也不能都当真。

梧桐虽在生气，看到燕子飞到屋檐下的奶奶却乐坏了，因为奶奶一直觉得燕子会去任何一个人家屋檐下筑巢，单单不会来自己家，因为众所周知，整个村庄只有她家是残缺的。

燕子去梧桐家筑巢的举动让其他人大失所望，很多人听闻还不相信，非要跑到现场看看，等看到这一对燕子真的用自己的唾液搅拌着春泥在搭巢以后，才彻底死心，该干活的干活，该玩乐的玩乐，再也不会整天望着天空，去寻找燕子的踪迹，更不会持着一根竹竿站在门边恭候燕子的大驾光临。

梧桐她那个残缺的家都能迎来燕子的赏脸，为何这棵年纪如此大的松树却“无鸟问津”。梧桐觉得一定不是鸟的问题，而是树年纪大了在起范儿，故意刁难那些比它年少许多的鸟儿，这才让这些鸟儿放弃这个定居的好地方，去往他方，寻觅另一处没那么好的地方定居。

梧桐一想到这儿，气坏了，攥起小拳就要去揍这棵比她奶奶还讨厌的“老妖怪”，然而她那个娇嫩的拳头哪能敌过这棵树的厚脸皮，还没揍几拳，梧桐的手就肿了，她疼得脸直抽抽，赶紧将手放到嘴巴前呵气，好像烫着了一样。

见打不过它，梧桐就得另想办法出口恶气。她想上树，可她不是被称为“猴儿”的陆禄，要是他在这里的话，一定会撸起袖子“蹭蹭”爬上去，然后躲在树叶丛中暂时让自己消失在这片土地上。

陆禄干过好几回这样的事儿，尤其在他考试考了“鸭蛋”后，就喜欢爬到学校里的那两棵桂花树上躲藏起来。他此举不是因为羞愧，更不是因为师生的冷嘲热讽，而是用这种方式转移他人的注意。因为如果他不上树的话，那他考“鸭蛋”的事就会被揪住讨论很久，甚至一年到头都会被好事者拿来说道，倘若他在树上藏起来了，人们就会放过他考“鸭蛋”的事，专门去寻他。

随着寻找的时间越来越长，人们关心他的生命安全就会胜于关心他的学习成绩。这种法子屡试不爽，也顺利地瞒过了老师同学，大家都以为他是因为伤心所以躲在树上没脸见人。知道原委的只有他同桌梧桐，梧桐在大家顺利从树上找到他之后，见到陆禄趴在课桌上笑得整张课桌都在晃动后，就知道这个王八蛋把大家都给玩弄了。她本来想把真相说出来，但看在陆禄可怜巴巴地求自己的份上，梧桐最终替他保守了这个秘密。

这也是梧桐在接下来要去找陆禄保守秘密的最重要的原因。

陆禄爬树的这一手绝活，很多人都为之赞叹，最让梧桐惊奇的是，陆禄为什么考试不行，爬树却比猴儿还精，而她在某种程度上却和他刚好相反。起初她不羡慕陆禄的这个本领，现在她望着这棵高耸入云的巨树后，真想和他换换本事。她还记得当陆禄得知自己又考了零蛋后，先装出一副悲伤的神情，然后在同学或揶揄或同情的表情中慢慢地走出课堂。老师因为刚才已经数落过他了，怕再说会彻底打垮他的自尊心，于是便默许他走出教室，去外面好好想想。

陆禄一出教室就换上了另一种表情，甚至透过玻璃窗跟同桌梧桐做鬼脸，然后梧桐就看到陆禄飞快地跑到桂花树下，一跃而上，顿时消失在茂密的桂花树叶中。老师见陆禄一去不回，以为他会想不开跳进那条冒着暑气的无忧河，吓坏了，赶紧动员学生都去找他。

只有梧桐坐在位置上一动不动。

老师身后跟了一群学生，每个人都把双手聚拢在嘴边做喇叭状呼喊陆禄的名字。老师甚至去问一头牛，惹得同学们笑也不是，哭也不是，简直哭笑不得。坐在原位上的梧桐知道老师同学很快会无功而返，便走到桂花树下，仰望着树梢冲陆禄说道：

“我看你还是快下来吧。”

“我要让他们多找一会儿。”陆禄的声音从树叶里传出来。

“你就不怕老师去找你家长?”梧桐问。

树上沉默不语，看样子梧桐的话陆禄听进去了，正在思考。

“行，不过我现在不下来，”陆禄终于说话了，“等老师回来后，你提醒他就行。”

“小小年纪自尊心这么强，”梧桐感到好笑，“好好好，就听你的。”

于是树上和树下就出现了间歇性的安静。梧桐坐在树下，看一片桂叶落在自己头顶，她知道这是陆禄的恶作剧，不过她没去戳穿他，依旧把落在头顶的每一片桂叶摘下来。

良久过后，陆禄又说话了。

陆禄说：“你想不想去外面玩?”

梧桐说：“哪个外面?”

陆禄说：“离开这里。”

梧桐一听，没说话了，陆禄见她不说话，也不说话了。两人一个在树上，一个在树下，静静等着老师回来。接近中午的空气里，有蒸腾的热气往上升，在炎热的阳光里，能看到空气在折射，在扭曲。好在这两人都置身在阴凉里，这才没让这股即将入夏的热气晒伤自己。

校门口突然传来了吵闹的声音，梧桐知道自己表演的时候到了。她快速离开桂花树，先装作在其他地方找了许久的样子，然后跑到这群学生面前，擦着并没有汗水的脸，手指向桂花树，冲老师说道：

“老师，他有没有可能在树上?”

老师一听颇觉有理，赶紧来到树下，先检查了一遍左边的那棵桂花树，没发现树干有被蹭过的痕迹，地上的草也没有被踩的迹象，就来到右边那棵树下，一看到树干上沾着的线头，老师就知道陆禄这个倒霉孩子真在树上。

不过老师先不急着开口叫他，而是让同学们都悄悄过来，然后用手指指树上，意思是让他们快看。大伙往上一看，只见有一只手在屁股上抓痒，另外一只手又要扶住树枝，否则会摔下来。蚊虫已经多了起来，让树上这个人一会儿抓抓这儿，一会儿挠挠那儿，恨不得手脚并用。大伙死死地捂住嘴巴，避免笑出声来。

老师嘘声让大伙儿安静。

末了，老师才幽幽地说道："我看到你了，赶紧下来吧。"

树上的人一听如蒙大赦，连忙跳下。

一群人围过去，问陆禄爬树的滋味如何，是不是比考了"鸭蛋"还开心。陆禄对此种讥讽早已习惯了，不过他还是很生气，生气的不是自己最终屈服了，而是生气自己这一招非但没让人们忘记他考"鸭蛋"的事实，反而记得更加清楚了。

然而好在还有老师相信他爬树真的是因为羞愧，看到还有人上当受骗，已经回到教室坐下的陆禄笑得脸都抽筋了。

"别动，不然我告诉老师去。"梧桐十分不满。

陆禄一听，这才老实起来，不过还是会时不时地笑出声，梧桐只好频频将一个个白眼冲他翻过去。

就在梧桐沉浸在过往之时，突然发现天暗了半边，一大片乌云很快从她的头顶移到山下的无忧河边，梧桐随着乌云的足迹将视线放到了山下的河里。虽然距离很远，但她还是能看出河面在翻滚，好像河里有一条大鱼在搅动着水花。

河水从来没有这样过，即使在雨水最多的夏天也没如此暴躁过。她觉得很奇怪，刚要将视线放回到身后的树上，就见从河里腾空跃起一条像蛇一样长的东西，这条会飞的蛇从天边蜷缩着身子径直往山上飞来，飞蛇途经的地方，都落了一阵骤雨，让在地里劳作的人们误以为下雨了，赶紧跑回家拿雨具。

很多人抬头后，才知道此时的这阵雨不是从乌云里落下来的，而是从天上飞蛇的身上落下来的。他们吓坏了，一个个跑到家里，门窗紧闭，有胆大的撩开窗帘望着天边，天上真的有一条蛇在飞，他们不是出现了幻觉。

梧桐的奶奶见状，赶紧烧香祈祷，就在大家都还不清楚飞行物为何物之时，奶奶已经知道那不是蛇，而是传说中的龙。在此之前，奶奶早就预示过，今年可能会出现龙，不过当时没有人相信她。

出河的老贺这天正在捕鱼，第一时间看到跃出水面的这个怪物，以为是一条大鱼，刚想驱船追赶，这条大鱼就瞬间没影了。等他隐隐约约得知这是一条龙后，终于仔细思考起来那个老人前几天的话。不过他没当场上岸，而是在捕完鱼后的黄昏上了岸。

梧桐也知道奶奶说过的话，此刻她站在高山之巅，忘了害怕，因为龙起码不会像蛇一样让她觉得恶心，不然不会几千年来都作为图腾，流传在人们的口头上，被记录在史书中。

她此时甚至有些兴奋，盯着飞龙慢慢接近自己。近了，近了，终于可以一窥传说中的龙了。让梧桐没想到的是，龙居然无翼也能飞，再看龙飞过的地方一片阴暗，才想到龙或许害怕阳光，惧怕炎热，而且身上可开合的鳞片还发出巨大的声音，有点像发动机的声响，从鳞片里落下的大量黏液，拿在手里一嗅，一股恶臭直往梧桐鼻孔里钻。

不过她此时也顾不得臭不臭了，看着龙在自己头顶盘旋，好像在试探她是不是敌人，看到这个小女孩没有攻击性，龙才慢慢地降落下来。梧桐鼓起勇气靠近它，发现它的嘴像鲶鱼的嘴型，舌头如书上看到的勾践剑一般。

更奇怪的是，龙居然没有耳朵，却好像能听懂梧桐的话。

梧桐说："你从哪里来？"

龙往后看了看那棵老松树。

这时梧桐才明白原来那是一棵栖龙神树，所以才没有凡鸟落于其间。她好奇地伸出手去摸它，发现它好像很享受自己的抚摸，就像一只性情温和的猫一样乖巧。

山下的人们见到龙往山上跑了，一个个都拿着锄头镰刀从家里出来，不约而同地往山上跑去，此时已快到半山腰了。龙的听觉灵敏，听到半山腰的动静后，性情旋即大变，变得暴躁如雷，就像一个被激怒的母亲，梧桐很快也明白了龙发怒的原因，立马让它跑，否则被人类锁住说不定会有性命之虞。

龙领会了这个小女孩的意图，感激地看了她一眼，梧桐看到它满含柔情的眼睑像窗帘一样，露出了下半边眼睛，长睫毛像弯月一样，此时正不断眨巴着。

梧桐不解其意，以为它受了伤跑不了，就去查看它的身体，发现它周身完好无损，不过还是让她看出了异样，因为它与刚才飞翔之时比起来，缩小了很多，就像一个被箭射穿后坠地漏气的热气球。梧桐吓坏了，试图往龙嘴里吹气，再次让它大起来，不过龙拒绝了她的好意，而是将尾巴往老松树上一扫，树顿时倾斜，一个巨大的巢穴就这样摇摇欲坠地挂在树梢上。

龙用尾巴托起巢穴里的两颗巨蛋，将它们郑重地放到这个小女孩的手里。梧桐看到这两颗龙蛋像极了明亮的珍珠，想摸又不敢摸，得到龙的首肯之后，才将小手放在蛋壳上，感到龙蛋很烫，里面好像还有东西在游动。

梧桐说："这是你的孩子吗？"

龙点了点头。

梧桐说："你想让我养它们吗？"

龙又点了点头。

梧桐激动坏了，她没想到这条素昧平生的龙能将自己的孩子托付给她这个陌生人，赶紧脱下外衣，将龙蛋小心地裹起来。龙好像了却了一桩心事，在梧桐面前越变越大，随即腾空而起，龙头直指苍穹，然后蓄起一股力，像箭一般冲向云霄。梧桐看着龙飞升，恋恋不舍地望着龙消失的那片乌云，突然从云里探出一个龙头，她冲它挥挥手。

龙看了一眼梧桐后，发出一阵震天撼地的龙吟，把还在上山的那些人吓坏了，一个个打道回府。梧桐在龙彻底消失后，拿上那件裹着两颗龙蛋的外衣，小心地走上了那条通往山下的道路。

原本她想待这两颗龙蛋孵化出小龙后，再把小龙交还给龙母。没想到她大意了，居然将龙蛋放在了水缸里，从而让喜欢用瓢舀凉水喝的奶奶第一时间就发现了。此时奶奶将龙蛋用簸箕铲起来后，二话不说就把它们沿着台阶往下丢，只见两颗龙蛋滚落到地上后，有一颗裂了条缝。

梧桐心疼地跑过去用衣服兜起龙蛋，不满地用眼睛去瞪奶奶。

"你别这样看我，"奶奶说，"我知道这是什么蛋。"

"知道你还这样做，"梧桐说，"你在破坏龙的家庭，你这个坏蛋。"

第三章 贸鸽

这座小村庄这么多年来，发生过许多事情，常见的就是妯娌间的龃龉、兄弟间的阋墙，这些可大可小之事，不仅在这个小村落，在其他地方也十分常见，甚至可以说，有人的地方都免不了这些事。

但总体来说，这座村庄还是十分祥和的，像报纸上报道的杀人越货之事就从没发生过，而且这里的人们一听说哪里杀人了，越货了，也无法直接领会这两件事的严重程度，因为他们心里没有这种概念。当然，任何一处平静的水面，都不可能像看上去的那般平静，水底一定会有暗流涌动，体现在这座小村庄上就是十天前发生的那次火灾。

十天前，也就是大年初三，正是人们走亲访友的喜庆日子。人们那天花了一上午的时间去拜年，拜完年后各自回家吃饭，香案上祭拜祖先的鸡鸭鱼肉是他们丰盛的午餐。

他们花了一个小时做好午饭，然后在桌上摆好碗碟，这回摆放的碗筷会多几副，以供每年这个时候都会回家的祖先使用，当他们这些活人在饭桌上坐好后，每个家庭的主心骨都会先将祖先的酒杯斟满，会先给祖先的碗夹满饭菜，然后拿起杯子冲着一片空气道：

“来，你们难得回家一趟，一醉方休。”

喝完酒后，主心骨就会把重心放在活着的家人身上，招呼孩子趁热吃，帮老人将骨头剔出来，之后自己大快朵颐。这种情况在梧桐家少见，因为她的奶奶在此时只负责她与孙女的伙食，才不管祖先的午饭有没有着落，而且在家家户户都往门框上插一炷指引祖先归家的香时，她却将香插在香案上的香炉中，祭拜供奉的菩萨。所以当那天梧桐去陆禄家拜年看到陆母的做法后，实在吓坏了，而且期间她一直不敢坐下来吃陆母端给她的饭菜，而是盯着饭桌上那几副无人使用的碗筷，甚至看到杯中酒在轻微晃动，然后赶紧放下碗筷跑回自己家，刚好看到奶奶站在屋檐下开口唤她回来吃饭，梧桐的心跳这才平稳下来。

每家的主心骨都是男人，只有陆禄家的主心骨是女人，而陆禄从小到大也习惯了家里母亲主事，碰到要交学费的事都跟母亲商量，要买什么文具或者课外书也找母亲要钱，好像他的父亲在家里是一个可有可无的小角色。

陆父也曾在别人的撺掇下试图拿回家里的财政大权，虽然家里由老婆做主也没什么不好，甚至还落得清闲，不过凡事都经不住煽风点火，所以当陆父屡次被别的男人取笑嘲讽后，终于决定要挺直腰杆做一回男人。

陆父见老婆在饭桌上又开始行使本该他行使的权力，不顾有外人梧桐在场，二话不说就站起来抢过老婆手中的酒，强行倒满每个酒杯，其间害怕老婆突然发作，一直用余光去瞥她，害得倒酒的手抖个不停，将酒倒得满桌都是。然而陆母却不为所动，还是笑容满面，一直让旁边看呆了的梧桐多吃点，看到丈夫将酒洒了，也不生气，而是拿出扫帚清扫。

陆父害怕得额头冒汗，他知道因为梧桐在场，所以老婆不会拿他怎么样，待梧桐走后，他就没什么好果子吃了，所以他要抓住这个难得的机会耍一回威风。因此，他巴望这个他平时一直没太留意的小女孩多留一会儿，甚至不断地给她献殷勤，将她碗里的饭菜码得高高的。

梧桐看到这一幕，不解地看向一旁只顾闷头扒饭的陆禄。陆禄将头从碗里抬起来，嘴边沾满了饭粒，冲梧桐吐了吐舌头，然后又继续搅动筷子把米饭往嘴里扒拉。

梧桐吃也不是，不吃也不是，当看到那个酒杯在动时，终于找到了借口，放下碗筷丢下一句：

“我奶奶叫我吃饭了。”说完就跑掉了。

陆父还没反应过来，还在饭桌上说一些主权的归属问题，看到旁边的座位上空空如也时，这才吓坏了，下意识地去找梧桐，可哪里还找得到，只好服软，紧张地看着老婆，希望她这次下手能轻点。

不过这回等待他的却不是拳头，而是一张存折。陆父疑惑地看着老婆，不知道她葫芦里卖的什么药。

“这张存折上都是这几年卖鸽子的钱。”陆母说。

“给我干什么?”陆父说。

“你不是要当家做主吗?”陆母问道，“没钱怎么当家做主。”

“老婆，我错了，”陆父说，“我下回再也不敢了。”

但陆母听后却依旧没收回存折，而是将它放进了老公的裤兜里。陆父看着鼓起的裤兜，拿也不是，不拿也不是，好像裤兜里正揣了一颗定时炸弹，说不定什么时候就会引爆。

陆母做完这些后，坐回饭桌上继续吃饭，边吃边冲着儿子陆禄说：

“以后你要钱去找你爸。”

陆禄说话没过脑子，说：

“那岂不是都会被爸输光。”

陆父在一旁将牙关咬出了吃骨头的声音。

此时陆禄吃饱了，撂下碗筷就要出去野，走到门边的时候，看到对面山上着火了，以为还没到晚上，烟花就绽放了，赶紧叫母亲出来看。

陆母端着碗筷走到儿子身边，眯着眼睛望着对面那座山，看了一会儿觉得没意思，又走回饭桌边。

此时，陆父也闻讯而来，与儿子一起看对面那场盛大的烟火。

“爸，你说这场火会不会将整座山烧光?”陆禄说。

“别胡说，烧一会儿就会灭的。”陆父说。

“你看烧的地方是不是我们家养鸽子的地方?”陆禄说。

“谁说不是啊，你看那些鸽子羽毛都飘起来了。”陆父说。

在屋里的陆母一听，放下碗筷夺门而出，留下这对父子摸着脑袋疑惑不已，过了一会儿，陆禄才回过神，冲父亲叫道：“快救鸽子。”

然后父子两人也连忙奔赴火灾现场。

当时老贺吃完了午饭，正剔着牙准备去小卖部里打牌。过年期间，做什么事情都没人念叨，打牌也不例外，所以饭吃到一半，他就接到了牌友的打牌短信，他兴冲冲地揣着几百块钱放下碗筷就出了门。

春姑今天本来憋了一肚子火，看到老公饭还没吃完就出门，愤怒地将饭碗重重地往桌上一摔，吓了伸出筷子准备夹菜的凤凰一大跳。

上午拜年之前，春姑早早就起床化妆，她要化一个能把其他小娘子比下去的妆容。化了约莫一个小时，到了去家家户户拜年的时候，她才从房间走了出来，当时凤凰刚起床，正在屋檐下刷牙，看到母亲，一时没认出来，以为别人上家来拜年了，刚把“过年好”三个字说出口，就听到春姑的说话声：

“好女儿，妈妈今天美不美?”

凤凰一紧张，误将牙膏泡沫吞下了肚，然后含糊地说道：

“美，你是全天下最美的母亲。”

春姑很满意，因为小孩子是从不说谎的，所以她扭着屁股走出了家门。路边已经站满了人，这些人都是去别家拜年的女人。这些女人还未见到春姑，就先闻到了一股扑鼻香，等看到春姑昂首过来，这些女人都乐了。

只见春姑的腮红像猴子屁股一样，口红将她那张樱桃小嘴扩张了起码一倍有余，护臀小短裙包着肥大的屁股，屁股下是一件打底丝袜，脚穿一双七八厘米的高跟鞋，迈着猫步向她们走来。

春姑远远就看到了这帮女人，她们平时因为穿着朴素的劳动服从而遮盖了她们本身的风采，没想到在难得清闲的过年期间，她们即便换上了这辈子最漂亮的衣服，风姿还是不及她万一。

春姑心里很得意，加快了脚步，很快来到了她们身边，由于穿了高跟鞋，她立时在她们之间高了许多，跟别人说话也不低头，而是照旧高昂着骄傲的头颅。这副样子让这些女人大为不满，很快把她甩在身后，等她想赶上她们时，她们又快速往前走去，而春姑出于鞋子的原因跑不快，最后只好自己一个人去拜年。

但春姑在第一户人家门前就吃了闭门羹，这户人家的儿媳妇刚生了一个小孩，正坐在屋檐下晒太阳，远远闻到一股不知是臭味还是香气的味道，马上抱着儿子进门，然后一把将大门关上。春姑不知道该不该敲门，想了一会儿，又继续往别家走去。

第二户人家有个小孩刚好五岁了，看到春姑到来，立马就忘了父母交代的话：

“今天见到人要喊过年好。”

“你好臭。”五岁小孩捏着鼻子对春姑说道。

春姑立马把脸一拉，回去了，回到家看到女儿在偷偷涂她的口红，不由分说便一巴掌呼了过去。

“这么小就臭美，”春姑骂道，“想跟男人跑啊。”

“你不也臭美?”凤凰委屈地道，“凭什么打我?”

接着春姑也不再废话，脱下高跟鞋就往凤凰头上招呼，要不是老贺及时赶到，说不定凤凰大年初三得去医院过年了。

春姑坐在饭桌上越想越生气，本来指望老公能安慰她一番，没想到这王八蛋饭还没吃完又出去打牌，委屈的眼泪说掉就掉，让早上刚化的妆都花了，凤凰见状，想笑又不敢笑，最后也放下碗筷跑出了大门。

春姑看着满桌杯盘狼藉，本不想收拾，但害怕待会儿有人到家里来被人笑话，只好不情愿地捏起碗筷，将其丢进水池里，也不清洗，而是挤了大半瓶的洗洁精，就这么泡着。

此刻老贺已在搬到阳光下的牌桌上连赢了几把，晌午的阳光晒得他脸颊发热，他将外套脱下来披在椅背，撸起袖子去拿刚发的那三张牌，他不急着全部打开，而是将三张牌码在一起，然后慢慢地把第一张往下拉，好像用了吃奶的力气才把牌拉下去，等第二张牌能看到花色了，等隐约能透过数字尖判断出是什么数字了，他才继续去看第三张牌。

最后一张牌也故技重施，只看到大概的花色和数字后，他就把牌盖在桌上，然后丢了二十块钱到桌上。别人被他这股阵势唬住了，想跟不敢跟，仔细打量着老贺的表情，看看他是不是真的在故弄玄虚，发现他脸上没有一丝异样，这才懊恼地将牌亮出来，嘴里说道：

“我一对十不跟。”

其他人见状，也没敢跟。

老贺有些气愤，不过也没有办法，只好不情愿地去收桌面上的几块钱，其中那二十块还是他自己的，然后将牌亮出来，说道：

“可惜，金花却没人跟。”

那有一对十的人将老贺的牌摊开来，发现老贺的牌哪是什么金花，最大的是方块 K，其余两张不是方块，而是红桃，便气愤地说道：

“居然真被你诈到了。”

老贺见自己看走眼了，不好意思地笑道：

“不好意思，看错了，真不是在诈你们。”

其他人说道：

“别装了，谁不知道诈金花关键就在一个诈字。”

老贺也不解释，轮到他发牌了。刚把牌发完，就看到对面山上着火了，许多人都站在路面张望，却无一人去救火，紧接着老陆的老婆就从他们身边急急跑过去，随后紧跟着老陆与他儿子陆禄。

老贺将牌搿到桌上，着急地说道：

“不好，老陆家的鸽子要遭殃了。”

说着就要赶过去帮忙救火，却被其他几个牌友拦下了。这几个牌友的意思是火势如此之大，单凭人力非但无济于事，可能还会把命搭上，再说了，这么多人在现场，一定会有人去报火警，等会儿消防车到了，水一喷，就什么火都灭了。

老贺想想也是，又玩了几局后，他发现火势越来越大，但消防车还无踪影。

“不好，怎么没人报火警?”老贺说。

“别想了，这么多人怎么会没人报火警?”其中一个牌友说。

“不对，我们也是人，都没报火警，凭什么指望别人去报。”老贺说。

这几个牌友一听，深觉有理，纷纷掏出手机准备拨打火警电话，其中一个人摸着头皮问道：

“火警电话多少来着?”

“110 啊。”另一人说道。

“不对，应该是 120。”一人道。

“笨蛋，是 119。”这是老贺的声音。

说着，老贺便拿出自己的手机拨打了 119，但却说不清楚起火的位置，他能说明白起火的村庄叫什么名字，却无法说清楚着火的那座山叫什么名字。在这个村庄，每个犄角旮旯都有一个专属的名字，然而这些名字一直不知道到底是哪些字，村民能用土话说出它们的名字，却不知道用普通话怎么说。急得其他几个牌友不知如何是好，过了一会儿，一个牌友抢过电话说道：

“我们也不知道到底哪着火了，反正你们来村里就知道了。”

然后就挂断了电话。这件事让老贺意识到了学好普通话的重要性，从那以后，只要逮到空闲就让他那个上小学的女儿教他讲普通话。刚开始，凤凰还饶有兴致地去教，等发现老贺这榆木疙瘩教了半天都学不会时，就会用老贺常教训她的那句口头禅反击回去：

“牛教三遍都会撇绳，你还不如头牛。”

老贺一听，也不生气，而是嘿嘿笑着求女儿继续教。凤凰这个鬼灵精，要老贺给她钱才教，老贺没办法，只好照办，因为他深知，任何教育都是要花钱的，天下没有免费的知识。

消防车很快到了村口，早已等在那儿的老贺领着消防车到达事发地，没想到无忧河上的那座桥过不了车，最后没办法，老贺只好让消防车在河里取水，然后隔老远就把水往山上喷。抽出的水压力不足，喷不了那么远，老贺又给急得失去了理智的陆母支着儿，让她拿柴刀将火势边缘的树木砍掉。

其他人一听，都加入了砍伐树木的队伍中，火势很快被控制住了，火继续烧了一会儿就自动熄灭了。大伙儿都如释重负，互相打量彼此，发现每个人的脸上都黑一道，白一道，就像戏台上唱戏的角儿。

陆母望着烧焦的鸽子房，心如死灰，鸽子房里的那些鸽蛋都烧熟了，陆母用这些鸽蛋感谢这帮善良的邻居。

这时老贺走到陆母身边，安慰她道：

“我看这里没有鸽子的尸体，说不定它们在着火之前就飞走了。”

陆母一听，再一看，发现还真是这么回事。

“现在只要那些鸽子回来，就能弥补损失，毁了一些鸽子蛋就当花钱消灾了。”老贺继续说道。

陆母感激地看了一眼老贺，然后从头上解下那条红色的头巾，将它系在随手拿起的一根枯枝上，然后在蓝天下摇晃着红头巾。众人皆翘着脑袋，张大双眼，惊讶地望着陆母，然后有个人用手往天边一指，众人又抬头去望天，天边此时出现了一朵朵白云，再细看，发现不是白云，而是一只只白鸽往这边飞来。

陆母看到鸽子出现后，擎着枯枝往家里走去，身后跟了一大群白鸽。这群白鸽以那条红色头巾为圆心，须臾不离左右，没有一只离开鸽群。天上这数不清的鸽子很快排成五个方阵，每个方阵大概有五十只鸽子，每个方阵打头的都是一只头上有黑毛的领头鸽。这些领头鸽紧盯着走动的女主人，准确来说，是盯着女主人手中的那根枯枝，枯枝上的红头巾俨然起到了导航的作用，引领着这群失去家园的鸽子前往另一个安全的庇护所。

本来鸽子是不会迷路的，不管它们飞去了多远的地方，不管它们是飞往了一处密林，还是去往了一片莽原，或是来到了一方荒野，它们都会在天黑之前从密林里腾空而起，在莽原上掠响羽翼，或在荒野上追逐夕阳，在每一个地方它们的飞行方式也会不一样，然而不管哪一种方式，它们都能在午夜时分找到家。

即便中途有鸽子受伤，它们也不会放弃回家的使命，而是众鸽接力，将受伤的那只驮在肩上，飞到下一个站点，另外一只再去接上，就这样一只接一只，直到家乡近在眼前。

远远就看到家里起火了，这群鸽子着急地先将受伤的鸽子放在一棵树上，然后径直飞到家门前。火势越来越大，以它们的能力无法救火，看着在火光里的鸽蛋，母鸽伤心地用翅膀掩面，公鸽无奈地在一旁安慰。等火毕毕剥剥地往这边烧来后，鸽群几乎同时飞离地面，去一个暂时还未被火光波及的去处。

它们看着火被众人扑灭，看着一颗颗烫熟的鸽蛋被人们吃下肚，布满斑点的蛋壳丢得满地都是。它们望着地上的蛋壳，看着蛋壳上的斑点，想起了孵育它们时付出的汗水，想起了蹲卧其上之时感受过的幸福，一只只都发出凄厉的悲鸣。

河流在悲鸣中痛哭，群山在悲鸣中呜咽。

如果不是看到了女主人召唤它们的那条红头巾，说不定悲伤还会持续下去，从而使它们真的成为迷航的班机。领头鸽让众鸽无论再伤心都不要打乱队伍，因为在这种悲戚的氛围下，维持队伍的整齐才能证明它们是一群经过严格训练的家鸽，而不是其他什么野物。

家鸽与野鸽最重要的区别是前者有固定的家，后者漂泊无定。若不是人类的恩赐，它们不可能每天衣食无忧，而且余有精力在这方圆百里之地尽情玩耍，甚至将鸽羽所能到达的地方都当作自己的后花园。不要说泉水潺潺的密林，不要说荆棘密布的莽原，更不用说两省交界的荒野，简直可以说，它们想去哪就能去哪，只要到时能回家就行。

所以鸽群平时都义务奉献自己，或贡献出鸽蛋来报答女主人。只有到这种时候，它们的生活中才会出现突兀的插曲，因为不管怎么样，将鸽蛋或鸽子卖给暴食的人类，情感上还是有些过意不去的。因此一般到了贸鸽的季节，鸽群里那些身强体壮的都会自动留下来，一方面是为了看护鸽蛋，另一方面是为了让女主人可以顺利将它们过秤，从而卖给前来买鸽子的人类。

而其他鸽子之所以在这种时候离开，是因为不想看到这种伤心的场面。

没想到这次却出现了意外，女主人还未将留下来的鸽子和鸽蛋卖掉，鸽房就着火了，现在只剩下一片灰烬。而留下来的那群肉鸽在着火之前就预感到了危险，从而机智地飞到别处暂行躲避。当外出的鸽群回来后，这群肉鸽像见到亲人一样，赶紧迎上去诉说离别之苦。

这让这群外出的鸽子感到非常奇怪，因为按照往年的规律，它们回来时只会看到空荡荡的鸽子房，留下来的肉鸽和鸽蛋早已被人或煮或烤端上了饭桌，成了人类的盘中餐。它们以为见到了肉鸽的灵魂，一只只都吓得大惊失色，直到其中一只最强壮的肉鸽解释其中原委后，这群鸽子才打消疑虑，不过随即又沉浸在失去鸽蛋的悲伤中。

按理说，鸽蛋是被人吃了，还是被火烧了，结果都只有一个，那就是没了。而且这回从某种程度上来说，也是被人吃了，是先烤后吃的。或许它们伤心不是因为鸽蛋是以哪种方式消失在这个世界的，而是因为亲眼看到了鸽蛋是如何没了的。

当场见到人类吃鸽蛋这一幕将会永久地印在这群鸽子的脑海里，从而导致它们与人类的相处方式变味，会变得不像以往那般纯粹，而且悲伤还会令它们失去方向。

此时鸽群飞在女主人的头顶，其中几只依然无法克制自己的悲伤，还在悲鸣不已，领头鸽见到后，飞到后面，用尖利的喙啄了它们几番，它们这才敛起戚容。

人们看到鸽群秩序井然地跟在陆母身后，陆母过了无忧河上那座无忧桥后，径直将鸽群带到了自己家的屋檐下，身后跟了一大群本来说好要买她鸽子或鸽蛋的买家。陆母已经提前收了他们的钱，没有忘记这一茬，跟这些登门者道：

“现在鸽蛋是没了，我可以把你们买鸽蛋的钱退给你们。”

人群中走出数十个要买鸽蛋的人。这些人都很同情陆家的不幸遭遇，纷纷表示他们不仅不要她退钱，还会多出钱去买她的鸽子。

陆母见到鸽子房毁于大火时没有哭泣，看到鸽子蛋被火烤成黑炭时没有哭泣，甚至将鸽群带回家的路上也没有哭泣，此刻一听到这些人的暖心话，眼泪瞬间滴个不停，惹得这些人以为说错话了，拥过去好言相劝。

陆母在哭泣，陆父却在暗喜。他此刻裤兜里揣着那张存折，上面起码有三分之一是预先收的钱，当他听到老婆那番话后，气坏了，用手使劲儿捂住裤兜，以防老婆待会儿将它抢出来；当他听到那些买家的话后，重展笑颜，双手离了裤兜，抱着胳膊站在一旁看着这群直到此时才觉出可爱的乡亲们。

而且看样子还能多收钱，看来这场火烧对了，烧得真是时候，直把人的心烧得暖洋洋。陆父此时难掩激动，从屋里拿出秤，说着就要将那些肉鸽过秤，卖给那些本来要买蛋之人。

“你在干什么？”陆母喝道。

“我在给他们称鸽子啊。”陆父回头答道。

“放下。”陆母过去夺下他手里的秤。

陆父看到这该死的黄脸婆把秤砣往地上一扔，然后从地上那些密密麻麻的鸽子中拎出一只个头很大的，递给第一个买蛋的人。

这个买蛋人接过鸽子后，从兜里掏出钱，却被陆母当场拦住了。

陆母说：“不要你们再补钱，不管买了多少颗鸽蛋我都会用相应的鸽子弥补你们的损失。”

陆父说："别听这臭婆娘的，这个家里我说了算，快把钱给我。"

陆母说："今天哪个敢给钱，就是不给我面子。"

陆父说："今天哪个不给钱，也是不给我面子。"

最后的结果证明老婆的面子比老公的面子值钱，更有分量，许多人都将陆母的话听进去了，却将陆父的话当成屁给放了。看着这些厚脸皮不要脸地去拿那些鸽子，陆父一屁股坐在地上号啕大哭，像个泼妇似的蛮横不讲理，嘴里的脏话几乎将这些人的祖宗十八代都骂了个遍。

哭累了，陆父才从地上站起来，拍了拍屁股，对着地上少了一大半的鸽子，啐了口唾沫，道：

"王八蛋，迟早有一天让你们见识爷的厉害。"

因为老贺救火出力最多，所以陆母免费送了他一只个头最大的肉鸽。老贺推脱不过，看了一眼在地上撒泼耍赖的老陆，不好意思地接了过去，此时正走在回家的路上，吹着口哨来到了家门口，看到屋檐下那个水池里泡着的碗筷，气坏了，去屋里找春姑。而春姑刚才悄悄跟了老贺一路，此刻表情冷冷地站在他身后，把转身的老贺吓了一大跳。

老贺道："你什么时候出现的？"

春姑道："我可全都看见了。"

老贺道："你也看到那场火了？烧得真旺啊。"

春姑道："别装了，贺喜。这回我可倒要真的贺喜你了。"

老贺一听春姑叫他的全名，就知道坏事了，问道：

"我何喜之有？"

春姑拖来一张凳子，然后从果盘里抓了一把瓜子，一屁股坐在凳子上，边嗑瓜子，边道：

"装，继续装，看你能装到什么时候？"

"大过年的，别发神经。"老贺自知理亏，撸起袖子将水池里的碗筷都给洗了。春姑不闹也不吵，依旧冷眼瞧着老贺这头大尾巴狼，老贺被她看得心里发毛，心里疑窦丛生，不知道春姑在较哪门子劲。春姑将瓜子嗑完后，屁股离了座，来到那只被绳子绑了腿的肉鸽面前，然后当着老贺的面解开绳子，抓起鸽子就往天上扔去。

重获自由的鸽子在天空中翻了个身，旋即消失在老贺眼前，一片洁白的鸽羽像雪花一样飘落下来，老贺望着风中的羽毛，一时有些晃神，稍后才发觉不对劲，连手都没来得及洗，怒气冲冲地来到春姑面前，用沾满泡沫的手指着对方的鼻子问道：

"为什么放跑鸽子？"

"老娘乐意，你能拿我怎么着？"春姑道。

"唉，这么些年了，你还是不相信我。"老贺放下了手，无奈地道。

“男人是什么玩意儿我还不清楚?”春姑得理不饶人。

“这只鸽子本来是给你炖汤喝的,”老贺道,“你最近不是整天念叨又痛经吗?我听说鸽子汤能有效缓解痛经的症状。”

老贺说完后,回到水池边将手洗干净。

春姑一听,一愣,然后鼻子一酸,眼前一片模糊,泪水一颗颗滴落下来,看到老贺洗完手往外走去,迎上去想解释,又终究停下了脚步,望着老贺离去的身影,嘴里喃喃自语,却不知道在嘟囔些什么,转过身看到满地的瓜子壳,从厨房拿出一把扫帚,将瓜子壳扫到垃圾桶里。这一幕让刚好回到家的凤凰看呆了,突然变得不认识这个每天只顾打扮、不理家务的母亲了。

“哟,太阳打西边出来了。”凤凰笑道。

春姑一听,用手揩了一把眼泪,抄起扫帚就要去打凤凰,凤凰边跑边笑,春姑见小妮子跑远了,继续回去清扫,此时她的眉梢也逐渐舒展开来。

老贺当时想花钱重买一只鸽子,但站在老陆家门前想了很久都没进去,就像十天后的这天夜里,他站在梧桐的家门外,也在踌躇不前一样。就在他想掉头离开之时,突然听到屋里传来“龙蛋”两个字,他越想越不对劲,又将思绪拉回到十天前的火灾现场。

当时,所有人的目光都汇聚在大火中,只有老贺抽身将视线放在了无忧河上,因为他从大火中看到有什么东西飞进了河中。这个东西微乎其微，飞进河中甚至没激起什么水花，不过他还是隐约看到东西落进河里后，他那艘泊在河岸边的船倾斜了几下，然后就看到河水在翻滚，他想不明白一个如此小的东西为什么会在河里掀起如此大的风浪。

本来他想去河边仔细看看，但由于突然被人群簇拥着往陆母身后跟去，很快便把这件事给忘了。此刻他站在月光下，听到屋里那番对话后，才确信村里真的有龙现身。他站在外面一时没想出什么主意，能让他顺利将龙蛋破坏的同时也不会伤害小女孩梧桐的自尊心。

都说龙一旦现身，就会出现无法预料的灾难。

上次的那场火灾就是明证。老贺将头都抓破了，还是一筹莫展，他索性一屁股坐在地上，将手里提的那条鱼放在一边。

鱼在地上不断挣扎，很快滚成了一条泥鱼，那些沙石沾上了鱼鳞，在鱼身上割出一道道伤口，从而让鱼腥味在这个夜里弥漫开来，而天上的明月也已躲进了乌云中。

地面霎时一片昏暗。

过了一会儿，远远看见有个人打着手电筒过来，老贺像见到救星一般，从地上一跃而起，迎上前去，闻到香味后，他就皱了皱鼻子，因为用脚趾头都能猜到，此时过来的一定是自己的婆娘春姑。

春姑见到有人在黑暗中，吓了一跳，慌乱地叫道：

“谁在前面?”

“我。”老贺急道。

春姑一听是老贺的声音，悬着的心落了肚，但她却没过去与老贺会合，而是掉头就走。老贺听到高跟鞋声远了，跑过去拦在春姑面前。

“你死哪去了?”春姑骂道。

“我怕你不高兴我回家，所以就在这里站了很久。”老贺解释道。

“莫不是又去谁家了吧?”春姑从鼻子里喷了一口气。

老贺百口莫辩，看情况此时不管说再多，都无法让春姑释疑，而且他也不想再为了那件子虚乌有的事百般解释，否则就好像真的确有其事一样。因此他接下来准备将那件耸人听闻的怪事告诉这个经常大惊小怪的春姑，说不定在人类好奇心的驱使下，她会转移注意力，专注在这件说出去都没人信的事上。

主意打定，老贺就将春姑的肩膀掰正，春姑看到他这么严肃，以为他又想打人，慌忙用手护住头。

不承想老贺却没打她，而是郑重地说道：

“春儿，我现在要说的事非常严重，你听好了，答应我等会儿不管听到什么都不要叫，不要喊。”

“怎么了?”春姑被吓住了。

“答应我。”老贺重复了一遍。

“好。”春姑道。

待春姑做好准备，老贺自己却有些慌了，一时拿不准该怎么说，春姑听见他紊乱的呼吸，也有些慌了，以为老贺生了大病，恐不久于人世，还没怎么着就先哭上了。

“你好端端哭什么?”老贺道。

“你是不是得病了?”春姑哭道，“早让你别出河，别出河，你偏不听，是不是在河里染上了什么脏东西?”

“你说什么啊?”老贺道，“你老公我身体这么棒，哪会得病。”

春姑一听，破涕为笑，道：

“那别搞得这么神秘，快说啊。”

“春儿，我们村里来了一条龙。”老贺说完后如释重负。

春姑用手摸摸老贺的额头，又摸摸自己的头，奇怪地道：

“不烫啊，怎么净说胡话?”

话刚说完，眼前突然一片大亮，春姑被吓得不轻，躲进老贺的怀里瑟瑟发抖。老贺对自己婆娘听后的反应尚可接受，没想到那些熄灭已久的电灯却少见多怪地一盏盏亮了起来，再看天上，一条游龙飞驰而过，然后那轮钻进乌云中的月亮又探出了头。

睡着的人们见灯光自动亮了，一个个从睡梦中惊醒，齐出门看，看到梧桐从自家跑出来，好像在追赶什么。

第四章 橐驼

梧桐对那天的大火记忆犹新，她从陆家回去后，看着家里冷清的氛围，有些不太适应，平常她也习惯了家里这种孤寂的状态，但在春节热闹气氛的烘托下，她瞬间觉得自己像一条被风浪打在岸上无法回水里的鱼。

奶奶见她端着碗却没动筷子，感到有些奇怪，以为饭菜不够丰盛，让这小妮子使性子了，就不断地给她碗里夹菜，试图用这种方式安慰她，然而她裂了一条缝的心却无法用饭菜填补，只能用笑声填补。

奶奶不知道梧桐的心思，见她还是不动筷子，就有些生气了，将筷子撂在桌上，道：

“你看谁家的饭菜丰盛就去谁家吃。”

梧桐没有听见，她此时好像听不见了，只能看到奶奶的嘴在动。奶奶那张瘪唇，里面的牙齿已经不多了，在年月的侵蚀下，只剩下几颗能够含化食物的槽牙，具有撕扯功能的门牙早在前几年就被她丢到了屋顶。

口腔像破了一个洞的夜幕，那根柔软的舌头在梧桐面前像只蠕动的毛毛虫。再看奶奶的脸，谁也无法相信这张皱纹丛生的脸曾经能掐出水来，更没人相信她那头银白的头发年轻时像泼墨一样乌黑，尤其使人无法相信的是，这具干枯的身子曾经让许多年轻后生流口水。

岁月，或者说时间，是一个残忍的凶手，专门当着人们的面杀害一切美好，然而岁月可以在杀害了春的绚丽、夏的朝气以及秋的优雅后，又在来年将绚丽、朝气与优雅还给春、夏、秋。可是，岁月不会在残忍地拿走了一个人的青春后，突发善心还给对方，只会将人们的青春封存在萧瑟的冬天，直至冬天将失去活力的人们引向死亡。

梧桐没见过奶奶年轻时的样子，按理说每个女人年轻时都会将自己最漂亮的一面用照片的形式保存起来，不过奶奶好像并没有这种意识，或者说她故意不这样做，也许她觉得在年老时面对着照片上年轻时的自己，是一件非常残酷的事，其残酷程度无异于看着自己被一刀一刀凌迟处死。

现在拍照非常便捷了，早已不像十几年前，拍照之前需要精心梳洗，快门按下的那刻即为永恒，不，现在拍照失去了任何仪式感，即便拍完也可以利用科技将自己美化一番，再也不用因为照片上的自己眼睛眯起来了，或者笑得很难看而懊恼了。

从前的照片是一辈子的事儿，现在的照片保鲜期甚至还不到半小时。

梧桐在别人家里看过这些古老的照片，就在墙上，当然这些照片的主人也不年轻了，也刻满了皱纹，活脱脱一副行将就木的模样。这些照片是他们生前的最后一张像，纵然枯容、朽身，看起来没那么光鲜，不过好在身上的盛装能够稍微给他们挽回点面子。

拍完这张照片后，他们就什么事都不干了，即使身上还有最后一粒火苗没有熄灭。他们会每天坐在屋檐下，到了饭点还是会吃几口，不过真的只吃几口就会将碗筷放下，然后继续坐在屋檐下一动不动。只有听见树梢的鸟叫时，才会动动身子；只有感受到一阵微风吹过时，才会换换表情。他们好像在等谁登门。

不过等待终究是一场徒劳无功的初恋，往往无疾而终。

他们有的等了许久依旧没能等到，但有的却很快等到了。没等到的人会暂时高兴一会儿，不过很快就会失落不已；等到的人会暂时失落一会儿，不过很快就会高兴不已。后者会走到正在做饭或正在劳作的儿子身边，对他说：

“我的时间到了。”

儿子这时就会放下锅铲，或者放下锄头，拿起手机给县里的火葬场打电话，告诉他们这几天将有人老去，让他们提前把车备好。

火葬场的人则一头雾水，因为倘若不是事先谋划的凶杀案，没有人能预测谁会在几天后死去，不过听到电话里的声音如此严肃，如此郑重其事，不敢有丝毫怠慢，赶紧将车准备好。几天后，又接到对方的来电，确信真有人老了，驱车来到村里，一下车就看到死者已经穿上了生平最隆重的寿衣，墙上挂的照片保存着死者生前最后一抹笑容。此时将照片与躺在床上的死者两相对照，这才觉出这曾经的确是一条鲜活的生命，几个人急忙小心地用担架将死者抬到车上，然后回到县里。人们只要听到这种车的喇叭声，就知道村里有人不在了。

而前者则会将洗好的照片暂时锁进抽屉里，等真到要用的时候再让人挂起来。一直觉得老人死期将近的后辈过了很久还能看到老人坐在屋檐下，就会大为不满，嘴里骂道：“这老不死的咋还不死？”

不过不管怎么骂，还是会一如既往地照顾他，与之前没有两样。

梧桐的奶奶年轻时没拍过照片，现在也没想着去拍照片。梧桐不知道拍照对老人的含义，碰到有手机的人上家来玩，就会央求来人去给她奶奶拍几张照。老人虽然不太理解什么是手机，但还是知道这个玩意儿有拍照的功能，所以当来人让她坐好时，她就会用那双长满老茧的双手挡住面容。不管来人用什么法子，都无法让这个老人老老实实地拍一张照，久而久之，梧桐就再也不会这么做了，而是每天看着奶奶苍老的面容，帮她干些力所能及的事。

梧桐很清楚，别人家的老人预感自己要走的时候，都会叫远在他乡的儿孙回来拍一张全家福。这些散落在全国各地的后代，即便再怎么忙，再怎么抽不开身，接到这个通知后，还是会坐飞机或乘高铁回来。在这个时候，每个人家里的那棵镇宅树就都派上了用场，他们会搬许多板凳在树下，然后老人坐在中间，后代站在两侧，当画面固定后，这张预示百子千孙、一家团圆的全家福就会在老人走后成为每一个家庭成员寄托哀思的媒介。

小小的梧桐看过许多人家拍这样的照片，但她很清楚，她的家里永远不会有这样的照片出现。家里只有她与奶奶，虽然勉强可称之为一个家，不过距离“福”则尚远。因此，她从很小的时候就断了将来拍全家福的念头，而且在奶奶几次三番拒绝将自己的面容保存在照片上之后，这种念头更是已经随流水而逝，随季节而亡。

在这种情况下，梧桐就会生出侥幸心理，因为每个老人死前都想拍照，而奶奶之所以现在还没有这个意识，可能恰恰说明黑白无常登门拜访的时间还早，说不定早就把奶奶的名字在生死簿上一笔勾销了。有时候梧桐上着课，就会眼皮突然跳动，以为这是一个不好的预兆，死活要让老师准假，回到家里一看，发现奶奶还活蹦乱跳地在跟人唠嗑，这才放下心来继续回学校上课。

奶奶看到梧桐这么早放学，很奇怪，刚想上前问问怎么回事，就听到一阵银铃般的笑声远去了，便摸着银发不知道这小妮子在做什么。

在不上课的日子，不管在玩耍还是在做作业的梧桐，也会突然跑回家或突然放下笔，叫一声奶奶，等听到奶奶的回答响亮地响起后，梧桐才会继续去玩或继续拿起笔写作业。这样的情况持续了许久，刚开始奶奶不知道孙女的用意，当她在火灾发生那天看到孙女像着了魔似的一动不动后，就有些明白了。

在此之前，奶奶见梧桐端着碗筷对自己的话置若罔闻，真的生气了，叫道：

“桐儿，你怎么了?

“桐儿，说话。

“桐儿，你不要吓奶奶。”

最后一句话梧桐终于听见了，梧桐放下碗筷，钻进奶奶的怀里，呜咽着说道：

“奶奶，我还以为你不在了。”

“乖孩子，奶奶一直都在，别怕。”

梧桐从奶奶的怀里抬起头，泪珠盈睫，看到奶奶充满慈爱地望着她，终于笑了，然后继续端起饭碗吃饭。

不过奶奶自己却没食欲了。她之前从未考虑过死亡这个问题，因为只要孙女在身边一天，死亡就永远不会找上门，明白了梧桐内心所想后，她终于觉得这个问题该提上议程了。不过转念一想，在这个喜庆的日子里思考死亡的问题，终究有些不合时宜，因此这个老人很快又将这个念头抛于脑后。

只有在吃完午饭，见到对面那座失火的山后，奶奶才突然想到什么似的，内心惴惴不安，甚至都没听见其他同伴说话。那时她正与一帮人在唠家常，每个人都是像她一样上了年纪的老人，这些老人都已经提前处理了自己的后事，不知怎么话题就说到了死亡这件事上。奶奶当时还觉得这帮老鬼怎么这么猴急赶着去投胎，就乐了，说道：

“脸皮不要那么厚，阎王才不欢迎你们去他家做客。”

说完后，一个老人用手指了指对面那座着火的山。这场大火让这帮老人很快搁下死亡的话题，转而对失火的原因妄加揣度起来，不过奶奶却慢了一拍，她没去想大山为什么失火，而是通过那阵火光突然意识到死亡其实离她并不远，甚至可以说，近在眼前。

于是她不安地站了起来，招呼都没打就离开了唠嗑现场。其他老人见她走后，都以为是她的山上着火了，但想了想，又拍了拍自己的脑袋，怪自己真的老糊涂了，这明明是陆家的山。

那时梧桐刚吃完午饭，也很快将这件事忘在脑后，她本来想去找陆禄玩，但在他家门外喊了好几声，都没人应，便去其他地方逛逛。村里的人好像都不见了，抬头一看，才知道人都跑到河对岸去了，都被那场火吸引了。

她饶有兴致地站在无忧河岸，眺望对岸忙乱的人们。当火逐渐熄灭后，梧桐看到聚在对岸的人们排成一条长龙，浩浩荡荡地往这里走来，等过了无忧桥后，这列队伍就像被石子激起的涟漪一样，各自往家里散去，只有几十个人依旧跟在那根枯枝后头，来到了陆家。

看到很多人在买鸽子，梧桐想回去问奶奶要点钱，准备也买一只。她从来没有吃过鸽肉，她的食谱上都是蔬菜与家禽，很少出现其他食物，有时候去吃喜酒，在酒桌上看到奇怪的肉类，也不敢吃，看到别人吃得津津有味，也不敢伸筷子夹上一块。

其他人见这个小女孩这么胆小，就成心逗她，帮她夹起一块飞鼠肉，还哄骗她是猪肉。梧桐看着这块肉好像蝙蝠的翅膀，死活不信，最后在众人的起哄下，才敢试探性地舔上一舔，发现太美味了，这回不用人们夹，自己一股脑将碟中的肉吃了个精光。

惹得那些没吃到的人都在后悔不迭。不过他们不想就这么便宜了这个贪吃鬼，遂不怀好意地问她：

“梧桐，你知道你刚才吃的是什么吗?”

“猪肉啊。”梧桐用纸巾擦擦嘴。

“谁家的猪肉长这样啊?”这人夹起桌上的一块骨头。

梧桐仔细看了看，发现确实不像猪肉，便问道：

“那是什么肉?”

这人知道这小女孩在没有证据的前提下不会相信自己的话，便从兜里掏出手机，打开网页，页面上是一只飞鼠的图片。梧桐盯了这张图片很久，不明白对方什么意思，问道：

“干吗拿蝙蝠的照片出来恶心人?”

“这可不是蝙蝠，这是飞鼠，你刚才吃的就是它。”

“我才不信。”梧桐翻了一个白眼。

梧桐吃饱后就要回家了，她才懒得搭理这些蝙蝠老鼠都分不清的乡巴佬，于是她站了起来，拍了拍自己的肚子，然后拿上那包喜糖，将发的红包打开，掏出里面的十块钱，揣进裤兜里，然后按了按裤兜，最后在众人惊讶的目光下走到大门口。

“没想到这飞鼠肉这么受欢迎。”请客的主人说。

“那你下回再有好事记得还从我这进货。”贩飞鼠的人说。

“没问题，一定。”主人笑道。

梧桐一听这番对话，胃里瞬间泛酸，接着喉头一腥，立马将刚吃下肚的都给呕了出来。

还在屋里吃饭的人们赶紧放下筷子，捏住鼻子。主人家匆忙铲来沙子，覆盖在呕吐物上面，然后让客人们坐好、吃好、喝好。可客人们哪还坐得住、吃得下、喝得美，一个个都借口家里有事溜了。

主人气鼓鼓地去找梧桐算账，发现这小妮子边跑身上边掉喜糖。

下回这个主人办满月酒时，事先和小女孩梧桐打好预防针：

“梧桐，这次酒桌上会有鳄鱼肉，你敢不敢吃？敢吃的话你就上桌，不敢吃的话换你奶奶来做客。”

梧桐把大眼珠一转，说：

“鳄鱼肉算什么？大象肉我都吃过。”

等上了桌，发现头几道菜里真有鳄鱼肉，鳄鱼皮就像黑色的铠甲一般，不过由于鳄鱼在这里非常罕见，而且也不像蝙蝠那般膈应人，因此梧桐毫无心理负担地吃了几块，好像要证明自己有多大胆似的。

在同桌人的讲话声中，梧桐才知道用鳄鱼肉招待贵宾已经非常流行了。当然这些鳄鱼不是从沼泽里抓捕的，而是人工饲养的，个头也没有梧桐在电视上看到的那么老大，更没有一副可以将羚羊吞下肚的巨齿。

这种鳄鱼甚至就跟壁虎一样小，早已从猛兽蜕变成了珍馐。梧桐像听故事一样认真，主人家见这回梧桐很安分，甚至像认真听讲的学生一样老实，终于放心了，将那个刚满月的麟儿抱出来，客人们见了，有的放下筷子说几句“长得真可爱，你看他头发多密，多黑”，有的用手去掐掐婴儿红润的脸颊，只有梧桐依旧坐着不为所动。

“梧桐，你以后做我小孩的老婆好不好?”主人取笑梧桐。

“才不要，他长得那么丑，还是单眼皮。”梧桐不屑地说道。

这话当场让婴儿小嘴一撇，哇哇哭上了。主人家有些下不来台，但又不好发作，只好生着闷气将孩子抱回床上去。他的老婆躺在床上坐月子，接过孩子，揉了揉胸部，将那个又黑又大、像葡萄一样的乳头塞进了小孩的嘴里，小孩的哭声这才止住。

从那以后，梧桐发现但凡有人请客，都不爱叫她了，梧桐倒也乐得清闲。看到老陆家屋檐下的那些鸽子，刚想抬脚去家里找奶奶要钱，就被人拽住了，回头一看，见是陆禄拽着她，手里还抱着一只鸽子。

陆禄将鸽子丢进梧桐的怀里，道:“送给你的。”

“多少钱?”梧桐摸着鸽羽问道。

“说了是送给你的。”陆禄有些生气。

陆禄不是在生梧桐的气，而是在生母亲的气，或者说在生此时躺在地上的父亲的气，不过严格说起来，他是在生那个驼子的气。

那个驼子就是老贺。

“这个贺驼子我迟早有一天凿了他的船。”陆禄恶狠狠地盯着老贺。

梧桐随陆禄的视线望过去，发现贺伯伯在人群里非常扎眼，首先是他的秃顶，在阳光的照耀下，宛如被洗洁精洗过的碗筷一样锃亮；其次是他的后背，像驮了一口黑锅似的，让本来比别人高半个头的他瞬间比别人矮半个头。

贺伯伯好像听到有人在骂他，下意识地转身往梧桐这边看来，看到梧桐手里抱着一只白鸽，冲他调皮地眨眼睛，就用手去摸自己的头顶，憨厚地笑了。这让陆禄更加不满了，只见他狠狠地用眼睛剜了贺驼子一道，然后往地上吐了口口水。

梧桐见他有些反常，感到有些奇怪，以为他俩之间有不可调和的矛盾，便想当一个调解员，让他们冰释前嫌。但她却忘了，既然是不可调和的矛盾，怎会如此轻易地罢兵言和。梧桐终究还小，不知道在这貌似祥和的村庄，其实矛盾早已潜滋暗长。虽然梧桐常自诩比别人高明，但于人情世故，她恰如她此刻的年纪，还是一个毛都没长齐的雏儿。

从这点来看，她还不如一直被她取笑的陆禄看得透彻。陆禄这个小孩，比梧桐大两岁，与凤凰一般大，之所以还和梧桐念同个年级，就在于他那让人摇头的学习成绩，留了两级后，梧桐赶上来了，与他成了同桌。陆禄深知，如果还留级，梧桐就会跑到他前面了，他以后只能成为比自己小两岁的梧桐的学弟了。或许就是出于这个原因，陆禄在与梧桐同班的那几个学期确实发奋了一把，以图能够与梧桐双双升入高年级，发誓不让自己再落于人后。

不过隐藏在陆禄内心深处的原因其实不是这个，他还未入学时，就同这个小女孩玩得最要好，他经常带着她不是去河边耍，就是上山疯，当着梧桐的面，将自己的身子潜入河底，等梧桐误以为他被水冲走后，突然从水里冒出来，看到梧桐挂着两行泪的脸上出现了笑容，更加起劲了；在梧桐的面前三两下爬上一棵大树，将树上的果子一股脑地摘下来丢在梧桐的脚边，看到梧桐吃果子的牙齿变色了，陆禄立马变得像一只欢快的猴子。

不过美好的时光总是非常短暂。陆禄要去上学了，上学那天哭个不停，即便坐在了教室里还是想跑出去看看梧桐在做什么，等看到梧桐趴在教室窗户上的那双大眼睛，陆禄才会认真地听一回课。久而久之，他觉得如此下去不行，死活让梧桐也来上课，但老师却说：

“梧桐还没到上学的时候。”

“什么时候她才能上学。”陆禄把头一撇。

“等你念三年级的时候她就能上学了。”老师说。

“那我等。”陆禄固执地道。

就这样，陆禄在那几年里，每次考试都考“鸭蛋”，他就用留了两级的四个“鸭蛋”等来了与梧桐做同桌的机会。当梧桐背着小书包像只企鹅一样进入教室，用好奇的眼睛打量教室一圈后，伸出手指着坐在最后一排的陆禄道：

“老师，我要跟陆禄坐一起。”

“你可要想清楚哦，他可是留了两级的人。”老师说。

“我就要跟他一起坐。”梧桐很固执。

梧桐上第一节课了，数学老师说：“梧桐，上课专心听讲，别被你同桌影响了。”

梧桐上第二节课了，语文老师说：“梧桐，你虽然字写得不错，但也不能只顾着与陆禄玩。”

梧桐上第三节课了，音乐老师说：“梧桐，你唱歌怎么比陆禄还差劲。”

于是，梧桐上课要认真了，陆禄见梧桐上课认真了，也打算认真了。于是这两个一起认真的同学很快就读三年级了。

然而此刻，陆禄却不顾与梧桐的同窗之谊，还在不断骂着那个梧桐叫贺伯伯的老贺。梧桐听了一会儿，就不满了，也不去想怎么去调解这两人之间的纷争了，而是冲陆禄生气地道：

“你再敢骂贺伯伯，我就不理你了。”

一直都很听梧桐话的陆禄这回却鬼上身了，在听到梧桐的警告后，加大了憎恶的剂量，走到老贺身边，冲他背上吐口水。

梧桐害怕地用手捂住了眼睛，那只白鸽就这样趁机飞走了，梧桐看着白鸽往河边飞去，觉得四周好像有什么东西在变化，但具体是什么变化又说不上来。好在陆禄此举，贺伯伯没发现，否则陆禄一定会在大家面前被贺伯伯摁在地上啃一回泥，再丢一回人。

说起陆禄的这种反应，虽然梧桐不理解，但其他人心里都跟块明镜似的，而且就因为小小年纪的陆禄有这种脾气，才让人们觉得陆家到底没有败下去。人们将家里由女人做主心骨的家庭当成破落之家，换句话说，从一个家庭的主心骨身上就能看出一个家庭是兴旺还是式微。当然，陆母作为一家之主，其实比许多男人做得更好，但由于女性自身的不便，许多事情没有办法像男人一样处理，而且很多时候人们见她是个女流之辈，都会有意无意地去占她便宜。

就拿她养的那些鸽子来说吧，租的那几亩山地就比别人多出了冤枉钱，而且山地主人见她的男人软弱可欺，还说些沾腥带荤的话，要不是陆母牢牢守住了底线，换作其他人看在山地能便宜一半价格的份上早就屈从了。

去县里买鸽种的时候，幸好有老贺作陪，这才没让陆母再受羞辱。老贺不知从哪得知陆母租山地时受了委屈，就独自找上了山地主人家，那人正在吃晚饭，见有人登门，以为又是租山地的，便头也不抬地道：

“山租完了。”

老贺也不响，而是铆足劲儿一把将对方重愈百斤的石桌给掀了，对方说着就要去揍老贺，反被老贺一拳揍得连连后退，一股热热的液体就从鼻子里流出来，这人用手往嘴边一抹，一看，发现是血，这才掂量出了这一拳的分量，不过他的身子没有动，嘴却不得闲，骂骂咧咧的。

老贺用手指着对方鼻子骂道：“以后再敢欺负陆家的女人，就不是掀你桌子了。”

说罢扬长而去，绕道去陆家，往陆家饭桌上丢下一沓钱，惊了正在吃饭的陆母一跳。陆母看看这沓钱，又看看老贺，不知道他心里打的什么算盘。

“那人说山租收多了，这是退回的钱。”老贺说。

陆母拿起桌上的钱追出去，发现老贺已经消失在夜幕里了。

从那以后，关于老贺与陆母的闲言碎语就传开了。身为当事人的他们还没怎么着，陆禄却坐不住了，因为这些流言蜚语不会钻到老贺与陆母的耳里，而会扑到陆禄的身上。这些流言也是欺软怕硬的主儿。

每当陆禄听到了，不管当时在做什么，都会不顾后果地跟人干一回仗。学校是一个流言收集站，通过这些不谙人事的学生之口，这些流言会迅速长成一把把具有穿透力的匕首。

“陆禄，听说你妈跟那个驼子搞上了？”有学生说。

“你再胡说，撕破你的嘴。”陆禄脸都气青了。

“你应该姓贺，不应该姓陆。”学生嘴里不饶人。

陆禄也不跟他废话，跳起来一把抱住这人的脑袋，往课桌上磕去，这人额头被磕肿了，像极了年画里高额头的老寿仙。“小寿仙”碰到了事不爱找老师，爱找家长，他哭哭啼啼地跑回家去，来到那个中年喜得次子的父亲面前告了陆禄一状。当时这人正打算购买陆家的鸽子，作为次子满月酒上的头道招牌菜，听到长子的哭诉，就拿起手机给陆母打电话，让她把钱退回来，他不买鸽子了。

陆母虽然觉得奇怪，但还是将钱退还给了他。

这人打完电话后，来到他那个从小丧父的侄子面前，跟他说：

“别整天腻在新娘子怀里，你堂弟在学校被欺负了。”

这人一听堂弟被人欺负了，这还得了，纠集了几个社会上的闲散人员，手里提着棒，架着棍，气势汹汹地来到了学校，问前面引路的堂弟：

“哪个欺负你的？”

堂弟用手指了指陆禄。

这伙人慢慢逼近他，陆禄双腿有些发抖，梧桐在门外看见了，飞快地跑出学校去叫人，刚好看到打完鱼上岸的老贺。

“不，不，不好了，陆禄在学校快被人打死了。”梧桐上气不接下气。

老贺一听，放下渔网就和梧桐往学校赶，来到学校的时候，刚好看到那伙混混用棍棒戳着陆禄的鼻子骂：“你这个杂种，快跟他道歉。”

“杂种你骂谁呢?”老贺一把抢过了棍棒。

“哟，我还当是谁呢，原来是杂种的亲爹来了啊。”这伙人笑道。

老贺也不跟他们废话，操起那个棍棒就往为首的那人头上砸去，砸得他鲜血淋漓，鬼哭狼嚎。这伙人见老大被揍了，非但不上前帮忙，还一窝蜂似的跑了。

老大双手捂着头，边骂边撤，也跑没影了，留下一个学生在原地吓得两腿筛糠，脸都绿了。但老贺没拿他怎么着，而是来到陆禄面前，问他有没有受伤，没想到陆禄非但没感谢他，还用眼睛瞪他。老贺有些头疼，不知道哪里出了问题，交代了梧桐几句，就回去了。

陆禄那天回家后，见母亲在长吁短叹，不停念叨着煮熟的鸭子飞了，一点都没看见儿子在拿异样的眼睛看她。陆禄放下书包去找父亲，在牌桌上扯着父亲的胳膊道：“爸爸，你打架厉害吗?”

这话让牌友们差点被烟呛死，一个个乐道：“你还别说，你爸打架可厉害了，蚂蚁都不是他的对手。”

陆禄没听出话里的讽刺之意，以为是夸他爸的，死活要让他爸当场露一手，陆父本来输了钱憋了一肚子气，现在这小王八蛋又来捣乱，二话不说就一个大耳刮子往儿子脸上招呼。陆禄被打蒙了，摸着滚烫的脸颊噙着泪花儿跑了。

陆禄自那以后，不恨别人，专恨老贺，见到就远远冲他吐口水。

“你为什么这么对贺伯伯，他还救过你呢。”梧桐说。

“谁要他救。”陆禄说。

梧桐一听，很生气，说：“你的鸽子我不要了，以后别和我玩了。”

陆禄一看，鸽子真没在梧桐手里了，以为梧桐以后真会不理他，赶紧跑到她面前，拦下她，问：“你说的是不是真的？”

“真的。”梧桐说。

“好，这可是你说的。”陆禄说。

这两个从小玩到大的好伙伴就这样分道扬镳了，他们一个往前走去，一个往后走去。陆禄走在后头，走几步就回过头去看梧桐，发现梧桐走得很坚决，一点都不迟疑，也把头一横，加快了步子，将路面遇到的每颗石子都给踢飞。

这两个要好的伙伴在过年接下来的几天也没有和好，直到这天晚上梧桐追着那条破壳飞走的小龙时，才想起要是陆禄在的话，一定能帮她把小龙追回来。

此时小龙已经飞没影了，梧桐停下来大喘气，隐约觉得路面有人，以为龙在前面，就迈着小步往前走去，刚走到一半就看到有人在黑暗里亲嘴，定睛一看原来是贺伯伯和春姑婶婶。

老贺一见梧桐，吓了一跳，一把推开春姑，并把嘴边蹭到的口红抹掉，吞吞吐吐地说："梧，梧，梧桐晚上不睡觉去哪儿?"

"你看见我的龙了吗?"梧桐问。

本来春姑死活不信老贺说有龙的事，现在一听梧桐这样说，才深信龙真的现身了，紧张地问梧桐："你怎么敢养龙?"

"龙很可爱啊。"梧桐说。

"听婶婶的话，离那玩意儿远点。"春姑说完拉上老贺就走了。

梧桐被她的话搞糊涂了，更糊涂的是，怎么所有人一听到龙都像见到鬼似的，就连她的奶奶也这样。

想到奶奶，梧桐就把对她的好感全给丢了，如果不是这该死的老太婆，她的龙蛋就不会在地上磕出一条缝；如果不是这个被阎罗王遗忘的老不死的，她的龙蛋就不会早产，更不会一破壳就离她而去。

她该怎么跟龙母交代?

总不能说："亲爱的龙妈妈，不好意思，我把你的孩子弄丢了。"

龙母一听，肯定会震怒，并喷火将她给烧了。她准备叫其他人一起帮她找，并找语文老师弄几张“寻龙启事”张贴在每个角落，不过梧桐仔细一想，这个法子行不通，因为几乎所有人都谈“龙”色变，躲都还来不及，肯定不会帮她一起找，说不定还会把她仅剩的那颗龙蛋给煮了，众人分食一空，因为语文老师经常说，世上最美味的食物莫过于天上龙肉、地上驴肉。要是能吃上一回龙肉，死了也乐意。

所以唯一能帮她的只有陆禄。

可是早就决定不和他来往了，要是现在厚着脸皮去找他，指不定会被他笑话。不过看在小龙的面子上，倒是可以主动向他示好，但不能一下子就给他好脸色，否则他铁定会蹬鼻子上脸，还会觉得自己离了他活不了，不能惯他这个臭毛病，要晾一晾他，把他的心晾急了，火候合适了，再把橄榄枝伸过去，如此一来，以后他才不敢随便跟自己绝交。

这个办法让梧桐瞬间看到了希望，此刻她不急着去寻龙，而是去找陆禄。看到许多人大晚上不睡觉都站在门口，梧桐感到有些好笑，冲这些人道：“现在又不是夏天，大晚上起来纳什么凉？”

这些人一听，一个个摸着脑袋进屋关灯睡觉。

梧桐看到月亮出来了，正被陆禄家翘起的屋檐挂住了，指引着她来到了陆家门前。大门没关，梧桐轻轻一推，蹑手蹑脚地走了进去，发现陆禄家的灯还没灭，她踮起脚尖往里偷看。

发现一直像只软脚虾的陆父此时也硬了一把，当着哭泣的陆母的面用绳子将陆禄绑起来，并不断在嘴里骂道：

“我让你这个小兔崽子偷钱，让你偷钱！”

陆禄也不躲，而是瞪着父亲，道：

“我没偷，我没偷。”

陆母擦着眼泪过去劝解，却被丧失理智的陆父一推，脑袋撞到了桌角，顿时血流不止，陆禄见到了，冲过去扶起母亲。陆父一看，有些冷静下来，但还是用绳子将陆禄绑得结结实实的。

陆禄被绑后，被关进了院子里的鸡圈。梧桐悄悄走过去，身后传来陆父的话：“以后我教训儿子你别捣乱，伤到没？要不要去医院看看？”

陆母说：“我知道你的用意，但是陆禄还小，说几句就行了，而且也没有证据证明钱就是他偷的。”

陆父说：“不管怎么样，先把这小兔崽子关几天再说。”

梧桐来到了鸡圈边，陆禄以为是他母亲来了，硬着口气说：

“你别管我，看他能把我关到什么时候？”

“陆禄，是我。”梧桐说。

“梧桐，你怎么来了？”陆禄很惊喜。

“我来找你帮我一个忙。”梧桐说。

“可是我现在自己都泥菩萨过江。”陆禄叹了口气。

第五章 樊鹿

梧桐跟关在鸡圈里的陆禄说："不要怕，我救你出来。"

陆禄向在鸡圈外的梧桐问道："你怎么救我？"

梧桐看了看门上的锁，用力地扯了扯，发现扯不断，便满地找铁丝，准备用铁丝将锁捅开，将锁在里面的陆禄解救出来。清辉满地，梧桐找遍了整个院子，都没有找到一根铁丝，遂生气地回到鸡圈边，用脚踹门，发现门纹丝不动，就像一个打不倒的大胖子似的。

"别费劲了。"陆禄绝望地道，"这扇门是踹不坏的。"

梧桐转动着眼珠子好奇一个关鸡的怎么这么结实，陆禄解答了她的疑问："这个不是关鸡的，而是专门拿来关我的。"

“为什么?”梧桐更好奇了。

“说起来这还要怪你呢。”陆禄笑了。

“有我什么事?”梧桐问。

“你还记得我们小时候吗?”陆禄说,“那时候我经常带你去河边玩,领你上山野。”

“对对,我记得。”梧桐激动地说,“那个时候可好玩了。”

于是在这个明月当空照的夜晚,在一个院子里有两个孩子已经提前怀念起了从前。他们一个坐在地上,一个蹲在地上。坐在地上的是关在鸡圈里的陆禄,蹲在地上的是鸡圈外的梧桐,他们俩隔着一道结实的门,思绪同时回到了上学之前。首先回去的是陆禄,这个每每坐在教室里心都会飞走的男孩。

男孩换了换坐姿,望着一轮明月,看到年幼的自己从不远处的家门里跑出来,他的母亲刚从厨房里出来,端着一碗准备喂给陆禄吃的稀粥,却发现儿子不见了。

陆禄每次外出都要预谋良久,因为他家就他一个孩子,在陆禄还没上学之前,宝贝坏了,简直是像糖含在嘴里怕化,捧在手里怕掉,唯一的办法是夫妻俩轮流在家看着他,让他杜绝外界一切带有危险性的东西,比如那条无忧河,那座大顶峰(梧桐发现龙蛋的地方)。即便山河没有危险,也怕人贩子将他拐跑。

那次刚好轮到陆母看护。

人贩子在那段时间是县里重点打击的对象，虽然在这座小村庄，从未有人见过人贩子长什么样，但还是让许多生有男孩的家庭时刻悬着一颗心，尤其去过县里的人带回来一张人贩子的通缉照后，这些人只要看到一个鬼鬼祟祟的人，就会拿起那时刚装的电话报警。

急促的警笛声传到村里后，聚在一起看热闹的人同时说道："完了，完了，完了。"这句话不知道是在形容警笛声，还是在宣示人贩子完了，抑或是说明娃真被拐了。不管是哪种情况，总之最后的结果就是警车扑了个空，警察跟这群泥腿子说："谁报的警?"

这群人用手指了指梧桐的奶奶，道："是她。"

警察走到她面前，看到她有些紧张，道："以后假报警，后果自负。"

奶奶用力点了点头，其他人笑得很欢快。

警察走到发出笑声的人们面前，严肃地说："别笑，如果你们放松警惕，那么你们现在笑得有多大声，将来就会哭得有多伤心。"

说罢，警察回去了。人们望着一骑绝尘的警车，纷纷感叹道："还是公家人说话有水平。"然后互相交代，在没有证据的前提下，别瞎耽误警察的工夫，这样会让真正的坏人漏网，尤其是梧桐家的，只有一个孙女报什么警，不知道人贩子只拐男娃，不拐女娃啊。说这话的是当时还没有驼背的老贺，除了刚来的警察，就属他说的话最有水平，经常结合自己的渔夫身份，发表一些通俗易懂的观点。比如这回他又说："出警和捞鱼其实刚好反过来，前者是抓到真正的坏人，后者是捕到真正的好鱼。"

这话一说，众人立马一哄而散，丢下一句："切，就你每天捕的那也叫好鱼？"

当时捕鱼技术还很拙劣的老贺摸了摸还没谢顶的脑袋笑了，然后看到由于报错警臊在原地的梧桐奶奶，便走过去安慰她道："没事，我不也经常捕错鱼嘛，报多了就好了。"

这话让奶奶不满了，只见她将脸一拉，道："怎么？你巴不得我们村里真出坏人。"

老贺刚想解释，却无从解释，因为这个老人没有给他解释的机会，已经迈着蹒跚的步伐走远了。梧桐的奶奶回去后，看到放在案头的电话，越看越奇怪，她不是奇怪自己报错警，而是这个红盒子真那么好使，竟叫动了县里那些官老爷，她决定以后但凡有什么事就打电话让官家过来帮忙，因为当面去叫官家，他们官架子一定很大，要是在电话里叫，一定会让他们像去走后门一样积极。

奶奶想到这些后，很激动，坐也不是，不坐也不是，突然听到案桌上的电话响了，吓坏了，拿起电话却没放在耳畔，而是撂在了一边，这才让吓死人的电话铃声消停下来，不过电话里却出现了说话声，她好奇地凑过去听，惊了，原来是老陆的媳妇掉进电话里了，现在正在喊救命。

奶奶赶紧夺门而出去报信。

陆母见儿子不见了，想着会不会在梧桐家，因为这小兔崽子跟梧桐最要好，于是便给梧桐家打电话，是有人接听，但却没人说话，真是怪了。陆母只好将电话挂了，端起那碗已经凉了的稀粥，边用调羹搅拌，边出门去寻陆禄。

陆母问一个放牛刚回来的人："你看到我家小禄了吗?"

牧牛人说："没有。"

陆母换了一个问法："那你看到梧桐了吗?"

牧牛人想了想："看到了，看到她和另一个小女孩一起玩。"

陆母一听，满脸堆笑，问清楚她们的位置后，先将碗放回去，然后拿了一根棍子，径直来到河边。

在半路遇到那个接了电话却没说话的老人，老人正在人群里一边用手比画，一边口齿不清地说："吓死我了，电话突然就叫了起来，我还以为见到鬼了呢。"

"谁打来的电话?"有人问。

"听声音好像是陆家的。"奶奶说。

"那你怎么不说话?"这人问。

"我一直以为电话只能打，不能接嘛，谁知道现在出现了这么多稀奇古怪的东西。"奶奶解释道。

“糟了，你就不怕对方打电话是有急事?”这人着急地问道。

“对哦，那我回去再听听看。”奶奶拍了拍大腿。

众人皆未让她回去接电话，因为电话肯定早挂了，去陆家，当面问问老陆家的人有什么事。奶奶一听，觉得有理，便离开人群，准备往陆家走去，突然看到旁边早乐得不成人形的陆母。陆母看到梧桐的奶奶往这走来，迎上去拉起对方的手说：“你这老人家，真要把我笑死了，我给你打电话没什么事，就是问问你我家小禄在不在你家。”

老人一听，也乐了，道：“在，在，已经跟我家梧桐又出去疯去了。”

“我知道在哪。”陆母道。

“走，一起把这两个小王八蛋揪回来。”奶奶说。

这一老一壮拉着手像对婆媳一样来到了无忧河边，正好看到两个扎着马尾的小孩。一个女孩蹲在地上撒尿，另一个女孩却站着撒尿，并使劲地尿进河里。老人跑到蹲着撒尿的小孩面前，佯怒道：“桐儿，不是让你小便要找个没人的地吗?”

梧桐拉上了裤子，指了指另一个女孩，道：“我跟她学的。”

陆母来到站着小便的小孩面前，见这个小孩也撒完了，道：“让你蹲着撒尿怎么不听，要是被人贩子拐跑了我可不管。”

小孩指了指梧桐：“我才不愿意像她一样蹲着撒尿，说出去会被别人笑死。”

“还有，我要把头发剪了，我是个男孩为什么要像个女孩?”小孩看样子很生气。

陆母提起手里的棍子，骂道：“再不听话，就让你吃鞭子，早跟你说过，让你留长头发是为了骗过那些专拐男娃的人贩子。”

这时，梧桐的奶奶走到陆母身边，说：“孩他妈，这样下去不行，别到时把你的小禄搞得不男不女的。”

陆母想想也是，说：“小禄，只要你答应我以后不再随便出来，我今天就让你做回男子汉。”

“好。”陆禄爽快地答应了。

就这样，这两个还没玩尽兴的小伙伴一个被妈妈牵回了家，一个被奶奶牵回了家，两个小人儿依依不舍地频频回头，并用只有他们才懂的眼神相约一有机会再跑出来玩。

陆禄被妈妈领回了家，妈妈让他老老实实地坐好，然后将门窗都关紧了。陆禄看着四周密不透风的屋子，感到有些窒息，而且外面该死的鸟儿还用叫声引诱他，让他百爪挠心，他想尽办法都无法打开大门，推开窗户，透过玻璃窗看到自己一头长发，走到妈妈身边：“妈妈，你不是要把我变回男子汉吗?”

陆母在烧开水，火光照得她的脸颊红扑扑的，让陆禄觉得其实做一个女孩也没什么不好，要是将来生的孩子也能像自己一样聪明，肯定会很风光。想到这，陆禄告诉妈妈：“我不做回男孩了，以后我也要生孩子。”

陆母扑哧一声笑了，但很快换上一张冷面孔，道：“不行，我是你妈妈，虽然生你的时候无法决定你的性别，但是现在我有权利让你变回男娃。”

说完，她让陆禄坐好，然后将围裙系在他胸前，接着将烧好的开水用凉水兑了半盆，晃晃悠悠地端到陆禄脚边。做完这些后，陆母终于拿起了那把让他胆寒的剪刀，陆禄吓得闭上了眼睛，听到母亲好像在下剪子，开口制止道：“妈，我觉得应该在我前面放块镜子。”

陆母想了想，觉得有道理，便从自己房间拿来一面圆镜，却找不到地方挂，最后只好让陆禄自己拿着。陆禄双手提着镜子，为了让镜子能照到自己的头，他这回不敢再闭眼了，他看着镜子里的妈妈看着他的头顶，却迟迟不下剪子——陆禄想象中的春蚕吃桑叶的声音一直没响起，急了，催她快剪，快剪。

陆母不好意思地笑了，说：“哎呀，我没剪过头发，剪坏了可不要怪妈妈啊。”

陆禄一听，再看看自己身上穿的围裙、手上拿的镜子，已经被架在火上了，缩头也是一刀，伸头也是一刀，还是快点剪吧。陆母听了，深吸一口气，才敢动手。陆禄在镜子里看到自己的头发，越来越短，越来越薄，两鬓的头发剪去后，露出那两只很尖的耳朵，眼眶有些红了，带着哭腔道：“妈妈，你怎么不留长点头发盖住我的耳朵。”

“那多难看啊。”陆母还在剪着。

“可是耳朵露出来更难看，”陆禄委屈地说道，“以前没留长发的时候就经常被人说是猪八戒。”

“猪八戒哪有我儿子俊俏？”陆母安慰道，“再说男孩耳朵长说明聪明。”

但陆禄显然听不进这句安慰了，本来在长发的掩盖下，他一直忘了自己耳朵很大的事实，没想到头发一剪，马上就让他原形毕露了。想到这，他觉得做一个小孩真倒霉，留长发时被人说是赔钱货，剪了头发又被人说是猪八戒，他一时搞不清自己到底是谁，但想到猪八戒才不是赔钱货，现在猪肉可要几十块钱一斤时，又立马笑了。

陆母看到儿子又哭又笑，以为把他脑子剪坏了，止手让他站起来，把事先兑好的那盆水放到凳子上，可能一时没注意，又或许因为揪耳朵很好使，反正陆母自然而然地揪起儿子的耳朵，就把他的脑袋往水里浸。

陆禄有些生气，但不好发作，因为此时他整张脸都在水里了，他在脸盆里睁开了眼睛，感觉到后脑勺好像豁了一个洞，冷风正从洞外灌进来，而且头上好像有蚂蚁在爬，他浑身都痒了，像极了几年以后他在河里的感觉。陆母用手去捉一粒粒洗不掉的发茬，然后将他的脖子搓干净，把陆禄的脖子搓得是又红又肿，让他疼得眼泪大颗大颗地往水里掉。

而且等他将头从盆里抬起，看到镜子里的自己后，眼泪会落得更多。陆母看到儿子不透气居然可以在水里这么久，有些吃惊，便站在一边，看着墙上的时钟去数儿子还能在水里憋气多久。等秒钟又绕了一圈后，陆禄才把头从水里拔起来，然后拿起镜子看到自己一脸水花，抹了把脸，这才把视线放到头上。

这一看又让他哭上了，只见他的脑袋像被猪啃过的菜地一样，红一片，青一片，白一片，红的可以对应到汁水是红色的苋菜，青的可以对应到空心菜，白的则可以对应到萝卜。反正不管怎么说，都是吃火锅的必备蔬菜，此时他的头顶就像沸腾的火锅，一直让陆禄的双手不敢去摸，好像火锅太烫，即便伸出筷子也会被热气烫伤。

还有什么比童年时期拥有一双猪耳朵加一个被剪坏的脑袋更倒霉的事呢？陆禄就是这样的倒霉孩子，还没走出去，他就知道见到他的每一个人都会说出什么话。好一点的会说哪个理发匠还没出师就敢拿真人的脑袋练刀，嘴毒一点就没那么客气了，说：“陆禄，你一定是个外星人，不，你比外星人还丑，整个宇宙都找不出像你这么丑的生物。”

因为这是很明显的事实，所以他无从抵赖，他已经知道自己是整个宇宙丑人排行榜上的状元，就想去找一个能够跟自己聊得来的朋友，看看在朋友的身上能不能得到安慰。他把所有的小伙伴用手指数了一遍，然后放下每一根不合适的手指，最后只剩下一根翘起的手指，这根手指就是梧桐。

想到还有梧桐这个好朋友安慰自己，陆禄就没那么难过了，不过他转念一想，不能去找她，万一连这个唯一的好朋友都取笑自己，那他真的要飞到宇宙，去找属于自己的丑人星球了。

陆禄此时抬头去看母亲，郑重地跟她说："妈，以后我听你的话，哪都不去了，要是有人来找我，你就说你的儿子陆禄快上学了，没空出去疯了。"

陆禄的回忆至此被梧桐的笑声打断了，鸡圈里的陆禄看到梧桐在笑话他，并用手指刮脸羞他，就有些生气了，不说话了，倒是梧桐也一屁股坐在地上，望着在月光下打瞌睡的那只公鸡，接过了陆禄的思绪，继续沉浸在回忆里。

小孩子有时把约定看得比签署的合同还认真，一旦约定，就是下刀子都要践行，否则就是一个说话像放屁的浑球。梧桐没想到陆禄真成了一个浑球，当她被奶奶领回家后，坐在屋檐下一直等待陆禄的到来，其实她也可以主动去找他，但在奶奶的言传身教下，她认为女孩子就该拘谨些，男孩子才应该主动。

她在屋檐下坐了一下午都没有听见陆禄喊她的声音，在枯坐等待期间，她第一次发觉时间过得如此漫长，直到夕阳的余晖笼罩了那座大顶峰，梧桐才知道陆禄真的要爽约了。

那座大顶峰每到傍晚，都会出现霞云，而近距离接触霞云是梧桐一直以来的梦想。梧桐在屋檐下其实也能看到，但只能看个形状和颜色，只有登上山顶，才能观察到霞云的纹路。

所以梧桐就感觉上当受骗了，因为陆禄早上的时候跟她说："先去河边玩玩，下午再带你上山。"梧桐是不喜欢那条河的，为了满足陆禄的心愿，才硬着头皮站在岸边与他一起玩幼稚的捏泥巴游戏，原本以为她的暂时妥协能换来一次登顶的机会，没想到陆禄心愿达成后就不认账了。

梧桐坐在凳子上越想越委屈，但她很坚强，强行控制住在眼眶里转啊转的眼泪，就是不让它掉下来。她忍得很辛苦，眼泪很快蓄满了眼眶，眼看就要决堤了，她还是有办法让眼泪打道回府，最后除了她脸上的怒气，谁也看不出她刚才差点成了一个哭鼻子的受气包。

她"哼"了一声站了起来，坐到饭桌上准备吃晚饭。扒第一口饭的时候，陆禄在她心里的形象比电视上的坏人还可恶；饮第一口汤的时候，陆禄就变成了人贩子。只有梧桐吃完晚饭后，陆禄的形象才会再次光辉起来。

晚饭消解了梧桐的怒意，让她想到了另外一种可能：

“陆禄会不会被关起来了。”

于是她立马往陆禄家跑去，看到陆家亮起了灯，大门却紧闭，这是一个非常反常的现象，直到这时她才知道自己确实误会他了，他真的被关起来了。梧桐在这一刻感到了自身的重要性，因为平时都是陆禄领着她玩，等真到了关键时刻，还不是要靠梧桐，陆禄才能重见天日。

梧桐悄悄趴到窗户上，没看到陆禄在吃晚饭，只有他爸爸妈妈两个人在闷头吃饭，一句话都没说。她又低着头，弯着腰来到陆禄的房间外面，这扇窗比较高，梧桐垫了三块砖头，站在上面才能看清他的房间里面。

这一看让梧桐差点摔下来，因为她看到里面的不是陆禄，而是一个陌生人。这个陌生人背对着窗户，坐在床头，穿的衣服却还是陆禄的。想到他那狠心的父母将顽皮的陆禄跟别人家换了一个听话的小孩，梧桐这回眼泪终于止不住了，落个不停。

梧桐很生气，一生气就跑到大门口去踢门。在里面吃饭的陆母赶紧将门打开，看到是梧桐，笑着让她一起吃饭。没想到这个小妮子此时却用拳头打她，嘴里还不断叫着：“快把小禄还给我，快把小禄还给我。”

陆母一听，就诧异了，问：“小禄怎么了？”

“小禄不见了。”梧桐哭道。

“刚才还在，怎么突然不见了。”陆母有些急了。

“还不是你这个狠心的妈妈，小禄才不见的。”梧桐抹着眼泪道。

陆母一听，更加疑惑了，看梧桐的样子，又不像说谎，一时不知道该怎么办了，过了一会儿，才懊恼地跺了跺，嘴里说道：“我怎么这么笨。”然后直接往陆禄的房间走去，打开房门一看，发现放在桌上的晚饭陆禄一口都没动。再去看陆禄，确实没在房间，但通过床上的被子，陆母知道儿子一定把自己蒙在被子里了，便走到床头，看到儿子的那对招风耳露在了外面，想把被子掖好，又怕再次让他想起自己的耳朵。

“小禄，梧桐来找你了。”陆母弯着腰说。

“不是早说过吗？我谁都不见。”用被子蒙住头的陆禄有些变声。

“这不是你最好的伙伴梧桐来找你嘛。”陆母笑道。

陆母看到儿子没响了，也没多说什么，而是走出去将梧桐领到儿子房间，然后用手指了指床上卷成一团的被子。梧桐悄悄走过去，慢慢用手掀开被子，看到陆禄那个噘得能够挂个瓶子的嘴，立马笑了。

见到陆禄，失而复得，梧桐舒展了眉头，笑道：“你怎么这么早就睡啦?”

陆禄扯来被子蒙住头。

梧桐又去掀被子，说：“你的头发真剪了啊。”

躺在床上的陆禄一听，慌了，双手死死地捂住被子，避免让梧桐见到他那一对猪耳朵。

“你剪了头发真精神啊，”梧桐说，“这样才像个小男子汉嘛。”

陆禄慢慢地从被窝里探出头，看了梧桐一眼，不自信地问：“你说真的?”

“当然是真的。”梧桐坚定地说。

躺在床上的这个小孩立马恢复了好动的习性，一把拉开被子，跑下床拉住梧桐的双手，说：“我还一直担心会被你笑话呢。”

梧桐看到那对耳朵，想起陆母刚才的交代“一定不能提他的耳朵”，这才没笑出声，她尽量不去看他的耳朵，但他的耳朵却一直吸引她去看。陆禄发现梧桐有意无意地往自己的耳朵上瞟，松开了梧桐，又躺回到床上，生气地说：“我就知道我的耳朵很难看。”

梧桐怪自己大意了，为了弥补自己的过失，她必须想个办法转移陆禄的注意力，于是她来到他身边，让他把脑袋伸出来。陆禄不知道她要做什么，将信将疑地将头伸到梧桐面前。

梧桐看了看他的脑袋，虽然知道是他妈妈给他剪的，但为了陆禄那可怜的自尊心，必须得暂时将他妈妈当枪使了。

“谁给你剪的，手艺这么差。”梧桐说。

这招很好使，很快就让陆禄顾头不顾耳了，陆禄也表示他的头剪坏了，还说要早知如此，就该去县里的理发店剪了。梧桐赞同陆禄的说法，并拉起他的手佯装现在就要去县里，把那个英俊的小禄变回来。没想到陆禄当真了，以为梧桐真要带他去县里剪头发，立马打开衣柜，找出一件外套。

“你在干什么?”梧桐问。

“多穿一件衣服啊，夜里出门有点冷。”陆禄答道。

“你真要去?”梧桐问。

陆禄放下了衣服，说：“你在骗我?”

梧桐笑道：“没，没，好，去。”

陆禄没有忘记小伙伴梧桐身上衣也正单，就把那件最厚的给她穿，自己穿了一件比较薄的。这一对小伙伴就这样手牵手地走出了房间，还在吃饭的陆母一看，问：“这么晚了，你们要去哪?”

梧桐抢先一步答道：“陆禄要去我家玩。”

陆母笑道：“别太晚，早点回来。”

两人走出了屋子，陆禄见梧桐真把自己往她家领，有些疑惑了，梧桐告诉他去县里得带上钱，没想到陆禄一听笑了，并拍拍自己的裤兜，说钱他早就准备好了。梧桐奇怪地问他钱哪来的，陆禄不好意思地告诉她是从梅花篱笆上晾的衣服里翻到的。

“好啊，你居然偷你爸的钱。”梧桐生气了。

“拿自己爸爸的钱不算偷。”小禄辩解道。

梧桐想想也是，于是拉着他的手就往县城方向走去。当时刚好是吃晚饭的时候，家家户户都亮着灯，有的人家喜欢在户外吃饭，这些人看到路面出现了两个小孩，便端着碗饭去喊他们：“你们这么晚去哪啊？”

“我们去县里见世面。”陆禄骄傲地答。

这个回答让这些关心他们的人吃了一瘪，他们没再多问，毕竟比起这两个小小年纪就要去见大世面的小孩来说，他们活了大半辈子连镇里都难得去一回。

这回换陆禄牵着梧桐的手一直往前走，来到村口的时候，梧桐见灯火稀了，就打起了退堂鼓，脚步变得越来越慢，需要陆禄使劲拽着，才能移动一小步。陆禄有些生气，松开了手，气鼓鼓地问道：“你还想不想去？”

“想去，但是我怕黑。”梧桐小声地答道。

“不要怕，有我这个男子汉保护你。”陆禄道。

梧桐一听，心安了不少，继续与他往前走。等灯火彻底没了后，陆禄从兜里掏出一个小手电筒——看来他对这次的远行也蓄谋良久，他们俩踩在小小的光圈里，很长时间谁都没有说话，梧桐隐约感受到陆禄牵着自己的手在发抖，而且每当遇到路上有什么动静时，他的身体还会不由自主地打个激灵。

而梧桐也把陆禄的手拽得越来越紧，陆禄疼痛难忍，但又不敢有所动作，只要一甩手，他蓄满的勇气就会像皮球一样泄气，而且远方的漫漫长路，还得靠这股气才能走下去。

四周很安静，有虫鸣，有水声，还有树上雀鸟的失眠叫声，不过在这两个小孩看来，他们除了能看到周遭的黑暗，什么都听不到，指引他们前行的光圈也越来越弱，陆禄每过一会儿就会拍打几下手电筒，等手电筒的光拍亮后，陆禄才会将那句泄气话继续憋回肚里。

远远就听到前面有单车铃声，陆禄和梧桐只好给这架单车让路，近了，骑单车的人看不清样子，倒是能看到单车把手上放了一个手电筒，拎手电筒的是左手，这人必须要用右手去摁车铃，但还是晚了一步，只见这人径直往旁边的沟里撞去，一声"哎哟"惊扰了水沟里的爬行动物。

一只壁虎出现在陆禄的光圈里，吓了梧桐一大跳。陆禄见单车撞沟里了，赶紧和梧桐过去把人扶起来，这人一看到这两个小孩，有些不好意思地笑了，嘴里说道："要不是怕撞到你们，我也不会撞沟里呀。"

梧桐一听声音，发现有些熟悉，拿起陆禄手里的手电筒就往对方脸上照，照出了一张贺喜的脸。贺喜用手挡着光，也发现了这两个小孩是熟脸，慢慢地把手放下，第一个出现在他视线里的是一个男孩，紧接着出现在他视线里的是一个女孩。

这个男孩和那个女孩贺喜全都认识，于是他一拍大腿，道：“这不是陆禄和梧桐嘛。我说是谁呢，真是大水冲了龙王庙，一家人不认识一家人了。”

两个孩子见到熟人，高兴坏了，一人一边将贺喜从沟里扶到路上。贺喜拍了拍身上的灰，又去将沟里的单车抬上来，然后跨到单车上，用一只脚撑住地面，对这两个小孩道：“上来，我载你们回家。”

陆禄说：“我们不是回家，我们是离家。”

梧桐说：“别听他胡说，我们是去县里剪头发。”

贺喜摸了摸头，道：“你们两个小兔崽子胆子真大，这么晚还敢去县里，就不怕被鬼带走？”

陆禄说：“我才不怕，我是个男子汉。”

梧桐说：“我也不怕，我有小禄保护我。”

贺喜一听笑了，告诉这两个鬼都不怕的捣蛋鬼，县里的理发店早就关门了，现在去只能看城里人屙屎。

梧桐问：“城里人屙屎不避人？”

陆禄说：“不是这个意思，屙屎的意思是白跑一趟。”

梧桐“噢”了一声，然后跟陆禄说出了那句早就埋在心里的话："不然，我们下次再去？"

陆禄一听，心里乐坏了，但这个小王八蛋还是装出一副遗憾的表情，勉为其难地说："既然你不想去了，那我们就下回再去。"

贺喜看着这两个鬼灵精，真是不知道说什么好，最后让梧桐坐在前面，让陆禄坐在后面，踩着单车回村里。

贺喜踩得很吃力，梧桐这小妮子还不停地说话，让他差点又没把住车头。

梧桐说："贺喜，你骑单车怎么像喝醉了似的。"

贺喜只好使出吃奶的力气把住车头，并纠正梧桐的一个失误："你应该叫我伯伯，谁让你叫贺喜的，没规矩。"

梧桐说："贺伯伯，我们怎么变得这么慢了，简直比蜗牛还慢。"

贺喜一听，就不乐意了，停在路边骂道："你们两个小王八蛋，老子要载你们两个，换你们来骑骑，看看能不能快一点。"

陆禄一听，也不乐意了，说："贺伯伯，我可没说一句话。"

贺喜指着在看热闹的陆禄道："别看你嘴里没说话，但一定在心里说了话，说不定还在心里笑话我骑单车像老鬼屙屎，别提有多慢了。"

梧桐说："贺伯伯，你现在说的屙屎还是刚才白跑一趟的意思吗？"

陆禄说："梧桐，乖，贺伯伯够没面子了，别再惹他生气了。"

贺喜虽然在生气，但是心里却爱死了这两个调皮鬼，跟他们在一块，比跟那帮大人在一块好玩，于是他重新跨到单车上，同时跟前头和后头说了一句话："坐好没?"

"坐好了。"前头和后头同时答道。

由于休息了会儿，贺喜这回骑得飞快，没想到单车一快，又让梧桐这小丫头找到了话头。

梧桐说："贺伯伯，看来你真要挨了骂才能使出力气啊。"

陆禄说："谁说不是呢，就像牛一样，用鞭子抽了才能下地干活。"

贺喜没说话，梧桐和陆禄以为自己这回真过分了，惹贺伯伯生气了，也不敢说话了，一个看着路面出现的磷火，另一个看着前方出现的灯火。

"前面好像有很多人。"贺伯伯说话了。

梧桐和陆禄也发现了，他们两个跳下自行车，等这帮人过去。当这帮人接近后，贺喜发现人群里都是熟人。这些熟人看到贺喜，首先窜出一人死死地拉住他的手着急地问道："你看见我家小禄了吗?"

然后又窜出另一个，也问道："我家梧桐你看见了吗?"

贺喜一听，没回答，而是将单车支好，然后从黑暗里一手牵出一个小孩，他把左手牵的小孩送到第一个开口问他的人手上，说：

“你家小禄在这儿。”

跟着又把右手牵的小孩送到第二个开口问他的人手上，说：“你家梧桐在这儿。”

接到陆禄的陆母和接到梧桐的奶奶同时喜极而泣，对贺喜千恩万谢。贺喜忙说：“不要谢，千万不要谢。要不是有这两个小鬼做伴，说不定我自己都给丢了。”

见没人接茬，贺喜推起单车跟在这群人后头，突然想起什么似的，赶紧追上去。这时人们才知道这回他去县里带回来了两个消息，一个是给陆家打听的，一个是给自己打听的。

贺喜跟陆母道：“我打听过了，最近鸽价会涨，现在养鸽子正是时候。”

贺喜跟其他人说：“我准备改进渔船，你们这些人有口福了。”

但他带回来的这两个消息却没多少人感兴趣，此时不管什么消息都及不上这两个失而复得的小孩重要。

梧桐被她奶奶领回去，陆禄被他妈妈带回去。回到家的陆禄见到当时绰号还是孙悟空的父亲正在做鸡圈，做好后招手让他过去，当陆禄进去后，马上被父亲锁进了鸡圈，任凭他怎么哭，怎么喊，都没人把他救出来。

“陆海空，你这个王八蛋，我长大一定不给你送终。”陆禄骂着骂着就睡着了。

第六章 寓鹤

陆海空那个时候还是家里的主心骨，对家里的事说一不二，没有商量的余地，即使有时知道自己做的事错得离谱，也宁愿一错到底，决不痛改前非。可以说，因为说一不二，所以犯的错就算全村的厕纸加起来也写不完。

有些人看不过去，就让他下手轻点，没必要因为儿子吃饭掉了几个饭粒，就把他往死里打，更没必要因为儿子多赖了会儿床，就把他剥光了绑在门外。但陆海空真比孙悟空还天不怕地不怕，在他的脑海里，自己的家事就应该武着管，文着管的家庭一定会出逆子。

所谓武管，直白点说，就是崇尚棍棒底下出孝子，文管则是能用嘴说清楚的，绝不动手。刚开始，贺喜见陆海空动辄诉诸武力，而且还取得了一定的效果，便准备如法炮制，但有人却过来告诉他：“陆家的儿子就快被打死了。”

贺喜一听急忙和前来报信的人一起赶过去，发现陆禄躲在桌下，双手护头，身上青一块，紫一块，就像刚拔完火罐一样。陆海空还操着一根棍棒，打骂不休，要不是有人死死地将他抱住了，说不定陆禄就去见马克思了。

贺喜赶紧将陆禄从桌下拉出来，让他快去和陆海空道歉，但陆禄硬着头不为所动，脸上一滴眼泪都没有。陆海空看到儿子一副欠揍的样子，火又上来了，指着陆禄的鼻子骂道：“你们大家说这孩子是不是欠扁。”

贺喜按着陆禄的头让他暂时服个软，无奈陆禄好像天生无法低头，那脖子硬得就跟个棒槌似的。贺喜叹了口气，走开了，身后传来陆海空一边打一边骂的声音，刚好在路上碰到玩得一身泥巴的女儿，便拉住女儿，生气地说：“凤凰，去哪玩了？怎么搞得这么脏，信不信爸爸揍你。”

“爸，你就别吓唬人了，要揍早揍了，哪会先提醒我，衣服脏了不是有你洗嘛。”凤凰说着就跑开了。

贺喜一听哭笑不得，看着凤凰越长越大，变得不爱玩泥巴，喜欢照镜子。而陆海空在儿子入学后，依旧没放弃令他为之自豪的武力，有时闲来无事为了试试自己的力气是不是一如从前，还会冷不丁地打陆禄一巴掌，看到陆禄的脸像猪头一样肿起来，这才换上笑脸，道：“看来俺老孙的力气不减当年啊，你这小兔崽子别哭，看你那双耳朵，摆明了就是猪八戒，现在我这孙悟空揍你几下你委屈什么，这是给你面子。”

这句话引发了两个后果，一是陆禄猪八戒的绰号不胫而走；二是原来陆海空与陆禄不是父子关系，而是师兄弟的关系。不过由于后一种关系一看就知道是无稽之谈，所以很快消失在街谈巷议中，反倒是前一种让那些小孩子找到了堪比玩泥巴的乐趣。

因此，不挨打的陆禄只要见到这帮小孩，都会被叫成猪八戒。如此一来，陆禄几乎天天生活在水深火热之中，不是挨打就是被笑话，可以说简直身心俱疲。如果非要让陆禄选择一种生活，他觉得还是挨打更好受一点，这可能就是他接下来几天故意赖床不去上学的原因。

明明知道鸡叫了头遍就该起床，但他就是不起床，不知道的人们以为他还没醒，其实他是故意睁着眼睛等鸡不叫了再起来。鸡一旦停止了啼鸣，就说明快到上午九点了，这个时候是陆海空脑子最清醒的时刻，也是他体力最佳的时候，于是他就会一脚踢开陆禄的房门，然后掀开被子，揪起儿子的耳朵，将他拖起来，跟着剥光他身上的衣服，拿来一根绳索，将他的双手缚在背后，勒令他站在门外，没有他陆海空的命令不许进屋。

陆禄照旧一声不响，双手被绑缚着，站在外面，趁陆海空不注意，就会坐在台阶上，一听到屋里有动静，又赶紧站起来。他就这样时而站着，时而坐着，看着院子外面一排脑袋经过，看得见脑袋的是那些大人，还有一些小孩的脑袋看不见，陆禄看不见那些小孩，那些小孩也看不见陆禄，所以陆禄就不怕被那些小孩发现自己光着身子正在受罚，他很感谢眼前的院墙，帮他拦截了许多白眼和嘲笑。

只要那些小孩不进来，不管在里面的陆禄遭受什么样的处罚，他都不在意，不过倘若在挨罚期间，恰好被闯进来的小孩撞见，那么他的良苦用心无疑就会付诸东流。就在这么想的时候，陆禄最担心的事到底出现了，只见院门被轻轻推开了，从外面伸进来一个扎着马尾的脑袋，原来是梧桐。

陆禄松了一口气，被最好的朋友看到自己丢脸的样子不算丢人，陆禄冲梧桐做鬼脸，但梧桐见到陆禄这个样子，却心疼坏了，跑上前帮他解下绳索，陆禄让她别白费力气了，他爸绑的绳子连野猪都挣不脱，更别说力气小到还捏不死一只蚂蚁的梧桐了。

梧桐说："你别小看人，我有帮手。"

陆禄说："我说的是真的，怎么你不是一个人来的?"

梧桐说："凤凰在后头，我让她一起帮忙。"

陆禄一听，吓坏了，让梧桐快去把院门关上，别让凤凰进来。梧桐感到很奇怪，陆禄对梧桐的奇怪也感到很奇怪，然后告诉她，他现在这种样子不适合被别人看见，不然又不知道会被人怎么取笑。

“那你怎么愿意让我见到?”梧桐问。

“因为你是我的好朋友，我相信你。”陆禄说。

就冲这句话，梧桐想，以后哪怕只能跟陆禄一起玩也认了，因此她冒着凤凰会与她绝交的可能，跑到院门外，拦下了那个因为照镜子迟来一步的凤凰。

梧桐说：“你别进来了。”

凤凰问：“为什么?”

梧桐说：“小禄哥哥不欢迎你。”

凤凰听罢，有些不相信，就站在院墙外冲里面喊她要进去了，院子里传出不许进来的回话。凤凰终于相信她是个不受欢迎的人了，伤心地原路返回了，边走边蹭掉脸上抹的腮红，然后不情愿地回到了课堂。

梧桐待凤凰走后，回到陆禄身边，还在试图帮他解开绳子。陆禄让她进屋帮他拿一件衣裳，他感到有点冷。梧桐进去没找到陆禄的衣服，倒在凳子上找到一件他爸的衣服，拿起来就披在陆禄的身上，陆禄立马闻到了一股很浓的烟味，皱了皱眉头，问梧桐：“这不是我的衣服?”

“我找不到你的衣服，这好像是你爸的。”梧桐说。

陆禄一听，笑着让梧桐把耳朵凑过来，悄声说了一句话，梧桐听到陆禄的话，往后退了一步，使劲摇着头。

“你还是不是我最好的朋友?”陆禄口气有点硬。

“当然是啊。”梧桐说。

“既然如此，就照我说的做。”陆禄命令道。

梧桐只好照他说的做，手伸进披在陆禄身上的那件衣服里，她先去摸内兜，只摸出了半根烟，又去摸外兜，好像有东西，拿出来一看，原来是一张一百块的钞票，梧桐吓了一跳，急忙丢下这张百元大钞。陆禄慌忙用脚踩住，因为此时有人来找陆海空了。

这人问:“你爸去哪了?”

陆禄说:“还能去哪。去打牌了呗。”

待来人走后，陆禄松开脚，让梧桐捡起来。但梧桐却会错了意，捡起来后放回了陆海空的衣服里，陆禄急坏了，让她拿出来放她身上。梧桐连连后退，死活不听陆禄的，不管陆禄浪费了多少口水，都无法说服她将这一百块钱私吞了。梧桐长这么大，连根针都没偷过，现在这么大一张钱摆在她面前，她只会觉得烫手，哪还敢去拿。

“这是我爸的钱，又不是别人的，”陆禄说，“再说他每天打我，拿他点钱怎么了？就当是医药费了。”

“小禄，你疼吗？确实应该去看医生。”梧桐终于拿起了钱。

“你快去厨房拿把刀。”陆禄着急地说。

“拿刀干吗？”梧桐问。

“割绳子啊。”陆禄说。

梧桐跑到厨房拿来一把刀，很快割断了陆禄身上绑的绳子。重获自由的陆禄回房间穿好衣服，等梧桐把刀放好后，他揽着梧桐的肩膀走出了家门。两个小孩前脚刚迈出去，陆海空后脚就迈进来了，看到地上的那件衣服，像见到救命恩人似的，拿起来翻了个遍，可那张一百块的钞票却长翅膀飞了，只好又回到牌桌上，对牌友说：“我迟早会赢回来的，你们先借我几百块钱。”没有人借给他，大家都知道只要把钱借给他，再拿回来就比登天还难了。

陆海空见没一个人把钱借他，这才发现原来他的信用额度早已经用光了。不过不怕，既然信用额度用完了，幸好还能用物抵押，家里的那几亩地总能抵押个千八百吧。人们见他不像在开玩笑，就让他签字画押，以后万不得已真要打官司的话，也好有个凭据。

放这豪言的时候陆海空觉得没什么，等握上了笔真要签下自己的名字时，他的心跳就加快了，这时候但凡有一个人来劝他，他都会顺坡下驴，但几乎所有人都在看着他，看着他那双发抖的手，就是没有人跟他说：“算了，算了，没必要把整个身家押上，只是小赌而已，干什么搞得这么吓人?”

四周的空气很安静，陆海空甚至能听到自己的心跳声，有人忘了抽自己手上点燃的烟，此时烟快灼到手了还不知道，牌桌上没洗好的牌随意摆放着，露出一张梅花三、黑桃四和方块五，正是那把让陆海空一次性输掉上百元的顺子，另外亮出的三张牌则是红桃三、四、五。顺子碰到顺金了。

“签孙悟空这个名字可以吗?”陆海空说。

“放屁，要签陆海空，你的真名。”有人说。

陆海空一听就耍起了赖，他的意思是凭什么平时人们都叫他孙悟空，真到了关键时刻才会想起他叫陆海空。既然在这里孙悟空就是他，他就是孙悟空，为什么签字画押的时候不能签这个名字。

大家知道陆海空输急眼了，人只要输到了一定的程度，输到了自己无法接受的范畴，就会连自己姓什么叫什么都给忘了。有些人眼见于此，就想算了，但在座的有一个名叫金银的人却较上真了，他就是刚才吃掉陆海空顺子的赢家。

金银道:“签真名，不签滚出去。”

陆海空道:“这又不是你的地，我凭什么滚，再说你辈分好像比我小吧，这么跟我说话，不怕遭雷公打?”

金银道:“管你辈分大还是小，不知道赌桌上没父子吗?签不签?”

陆海空一听没办法了，这下真有可能连底裤都输掉，他此时恢复了冷静，之所以还如此这般，是因为他要挽回点面子，赌桌上的面子是拿不回来了，但只要能在口头占一回上风，也不枉他送钱给这孙子花了。没想到此人打牌有一手不说，嘴巴也厉害，让陆海空是一点便宜都没捞着，这才想到此刻的对手不是自己儿子陆禄，可以任他欺负，他碰到的可不是善茬。而且此时所有人都盯着他，只要露出一丝害怕的神色，那他以后就甭想在这里混了，不仅在这些人面前抬不起头，就连在自己儿子面前都没有说话的底气。

所以陆海空就要想个办法让金银害怕，很快他就想到此人曾经找人揍过他儿子，便旧事重提，转移大家的视线。

“别以为你干的那些事我不知道。”陆海空说。

“什么？你再说一遍，我干什么了？”金银道。

“你、你找人打过我儿子。”陆海空说。

这话一说出口，终于有人说话了，这人告诉陆海空这件事的原委。原来金银之所以找人揍陆禄，是因为陆禄先打了他堂弟，而他堂弟挨打的原因是骂陆禄是猪八戒，而且还在陆禄面前说他妈和贺喜有一腿。

这话一出，所有人都笑了。

陆海空脸色非常难看，他说：“小肚鸡肠，因为这件事你大伯办满月酒的时候还没买我家鸽子。”

金银说："这件事确实是我堂弟做得不对，所以后来问清楚了，我也没打陆禄。"

陆海空说："是这么回事吗？因为贺喜打了你这王八蛋，所以你吓得腿都软了。"

金银骂道："王八蛋你骂谁？"

陆海空说："你就说是不是这么回事？"

这件事金银一直以为没人知道，没想到此时被陆海空当众提起，脸上瞬间挂不住了，刚才的气势也弱了许多，说出的话也没那么锋利了，他看到牌桌上的那些牌，道："现在不是说老话的时候，现在是说你还玩不玩的事。"

陆海空道："玩，为什么不玩，你以为你打牌很厉害吗？"

金银道："起码比你厉害。"

陆海空说："别那么嚣张，等下贺喜一来，就有你哭的时候。"

金银道："我承认他赌技比我高，不过他现在在河里捕鱼，所以现在这里我赌技最高。"

"谁说我去河里打鱼了？"说话的是贺喜。

所有人一听到贺喜的声音，都自动给他让出一条道，只见贺喜还穿着打鱼的橡胶服，身上一股浓重的鱼腥味，但所有人都觉得比香味还好闻。贺喜走到那两人面前，先跟陆海空说："别签字了，等会儿输光了看你上哪哭去，实在还要赌我借你几百块。"

然后跟金银道："既然你在这里自封第一，敢不敢再跟他赌一把？"

陆海空跟贺喜道："好，我一定会还你。"

金银跟贺喜道："赌就赌，谁怕谁。"

众人看到现在的贺喜已经不是几年前的贺喜了，自从他改进了捕鱼技术后，不仅他的钱包鼓起来了，说的话也终于有分量了，再也不是几年前那个像小孩一样毛躁的贺喜了。

陆海空也觉出了贺喜身上巨大的变化，而且不单单是他，几乎在场的所有人都有翻天覆地的变化。就拿陆海空自己来说，变化不可谓不大，自家里养了鸽子后，他渐渐发现家里大权旁落，自己说话的嗓门也变小了，反倒是他的老婆说话越来越响，现在是还会每个月给他几百块烟钱，以后说不定只给几十块，要是被她知道烟钱都赌光了，不知道会不会把他扫地出门。

想到这，他惊恐万状，因为他的儿子陆禄还被他绑在院里，这要是被去县里卖鸽子的老婆回来撞见，说不定会把他也脱光了绑在外面。

所以陆海空说："我有点事先回去一趟，很快。"

不过贺喜却说："你儿子没事，正跟梧桐在楼下，买了一大堆好吃的。"

话分两头说，当陆禄揽着梧桐走出家门后，怀揣巨款的两个小孩好像大人似的，走路都耍起了威风，梧桐让他低调点，但陆禄依旧高昂着头颅，那一对招风耳被阳光晒得红艳艳的，对见到的每个人，他都不拿正眼瞧人，梧桐受到了影响，也学着陆禄的样子走路。

她当时穿了一双新鞋，却没有每次穿上新鞋那样爱干净，而是用穿新鞋的脚将路上遇到的石子、牛粪、枯枝和塑料袋都给踢了一遍，所以当他们来到那个摆满了好吃的零食和好玩的玩具的小卖部时，她的新鞋已经脏得像穿了好几年的旧鞋一样了。

梧桐在小卖部门口停下了脚步，她低头去看脚上那双被自己弄脏的新鞋，想到奶奶知道后的反应，还没怎么着，自己先把自己给吓哭了。陆禄此时也把目光转移到梧桐的鞋上，安慰她说：“别怕，等下再买一双。”

梧桐一听，含着眼泪笑了，走到陆禄身边，与他一起朝着琳琅满目的商品用手指指点点。坐在柜台里的店主甚至连头都没抬一下，他知道就凭这两个小屁孩，一定拿不出钱来买哪怕最便宜的一盒火柴，更不用说那些价值十几块的零食了，开店开了这么多年，他一眼就能看出谁是真正的目标客户，谁是进来过过眼瘾的。一般来说，吸引成年人掏钱的只有一种情况，那就是摆在柜台里的各种价钱的七匹狼香烟，而吸引老人小孩掏钱的虽然有无数种情况，但要让他们真正掏钱，简直就像要他们的命。

所以他只要看到成年人进店，就会说一句话："要哪种七匹狼?"七匹狼由贵到贱分为金狼、灰狼、红狼和白狼这几种，来人的目光在白狼和红狼之间来回游移，一时拿不定主意，店主就会帮他下决心："要是送人的话就买红狼，自己抽的话白狼就行。"

最后这人买了一包白狼，付完钱后，这人在地上看到一个红狼烟盒，就把刚买的白狼全都倒到柜台上，然后塞进红狼盒中，跟着掏出一根，点燃用力吸一口，冲店主陶醉地说："还是红狼更好抽。"

店主笑笑没说话，看着这人走出店门，冲每个见到的人都亮出那个红狼烟盒，但只要有人想蹭根烟抽，这人就会火速把烟盒揣进兜里。

当然，老人与小孩虽同属画饼充饥型，但还是有本质区别的，前者是不差钱却吝啬，后者是差钱但大方。对老人来说，尤其对那些活了将近一个世纪的老人来说，不管有多少后代养老，都不及兜里有钱，他们历经的那一个世纪，见多了父子反目、兄弟相煎的丑事。所以，不到万不得已，他们不管吞下多少升唾沫，都不会掏一毛钱去买让他们吞唾沫的美食。

而对小孩来说，他们可以花钱买任何一种物品，但身无分文只能让他们在心里干过瘾，若是找父母要钱，要不到不说，还会招来一大堆能压死人的大道理，不过这些为人父、为人母的却常常说话像放屁，说要勤俭持家，在赌桌上输钱却连眼皮都不眨一下。因此这些小孩就明白了一个道理，即谁有钱谁就有道理。不过要等到他们也能说教的那天，看样子还要好多年。在此之前，他们都要像孙子一样乖乖听话，只能站在柜台前望着各种零食，和那些老人一起吞口水。

梧桐指着指着，手指就在一个纸做的玩具上停住了，而陆禄在把所有商品都用手指了一遍后，还是没决定到底该买哪一种，所有零食他都觉得很好吃，买这一种不买那一种都无法让他满足。最好的办法就是把用手点到的都给买下来，但因为还要给梧桐买一双新鞋，所以只能舍弃大部分，只买几种最想吃的。

店主看着陆禄这小兔崽子在指指点点，就有些不耐烦了，等看到梧桐用手指着那个纸做的玩具嚷嚷着要买时，终于爆发了。

“这是给死人做的纸鹤，你要啊，”店主说，“你家谁死了?”

店主除了卖烟卖零食，也兼卖丧葬用品。在这些用品中，有常见的花圈、花篮、摇钱树、牛马人以及各种骨灰盒、寿衣花圈和布置灵堂专用的香、烛、灵牌、挽联等。

这些梧桐大都见过，甚至在乔迁新居的人家里也能看到摇钱树。她是极喜欢做客的，尤其是谁家盖了新房子，就会比她自己家搬了新屋还高兴。早早就穿好新衣等待中午的到来，坐在屋檐下的台阶上晃着双脚看太阳升高了，但回头却看到客厅的时钟还不到上午十点。接下来的两个小时该怎么打发，她没有主意，只能继续等待着，等待着，只要到了十二点，就会有人上家来叫她，与她一起去请客的人家里。跨进大门，就看到新刷的墙壁上贴了一张镇宅符，符上写满了密密麻麻的字，入学后，梧桐虽然识字了，但还是只能认出符上的一部分字。

右上角竖着写的是：

南方火德星君到此

东方木德星君到此

左青龙到人丁兴旺

左上角竖着写的则是：

北方水德星君到此

西方金德星君到此

右白虎来财源广进

镇宅符最下面是一个八卦图，分别对应着代表天的乾、代表地的坤、代表风的巽、代表雷的震、代表水的坎、代表火的离、代表山的艮、代表泽的兑。

这堵新墙下面，摆了一张四方桌，四个桌角边各有一根燃了一半的红烛，圆圆的蜡滴到了桌上，像食指摁出来的一样，桌上放了一个大黑陶盆，盆里栽种了一棵金字塔形的小松树，树上挂满了红包。

梧桐最喜欢的就是这棵摇钱树，因为树上挂的红包里真有钱，而且树顶的那个红包面额最大，越往下钱越少，她好多次想趁没人时把红包扯下来，放进兜里，但客人很多，让她一直没找到机会，等真找到了机会，刚想去伸手时，又冷不丁地想起奶奶的话：“桐儿，一定不能私自拿别人的东西，不然手会烂掉的。”

梧桐这才不情不愿地把手缩回去，然后对着这棵诱惑她的摇钱树说：“哼，这回先放过你。”接着坐到桌上，把筷子竖插在装满米饭的碗里，也像个高高的摇钱树一般，但她这种做法却把旁桌的人吓了一跳，这人赶紧拔下她插在碗里的筷子，急道：“要死啊，这么喜庆的时刻竟然搞断头饭。”人们把筷子插在碗中的米饭称为断头饭，梧桐哪里知道一个小小的乡村，竟有如此之多这也不能干、那也不许做的禁忌，这回做客真没意思，一点都不好玩，所以她还没吃几口菜，就一个人先溜回家了。

坐在台阶上的梧桐突然想到这些，进屋把新衣服脱下，走到屋外叫她去做客的人面前，噘着小嘴说：“这回我就不去了，让我奶奶去吧，做客做多了没什么意思，都快把我的小肚子给吃大了。”这人一听，摸摸脑袋转身去叫她奶奶了，而梧桐则蹦蹦跳跳去找陆禄玩。

这些梧桐虽然都见过，但唯独没见过店主嘴里所说的那个纸鹤。鹤她是见过的，在电视上，头顶一抹红，一双修长腿，不是在跳舞，就是把长长的嘴躲在翅膀下睡觉，总之，是一种比最娇的女人还娇的鸟儿。不过用纸做成的鹤她还是头一回见，而且如果店主不说，她甚至都不知道这是鹤，这只纸鹤也有一双修长腿，头顶也有一抹红，但既不是在跳舞，也不是用翅膀遮住长嘴在休息，而是伸着两只脚，高昂着脑袋试图从店里飞出来。

“这是拿来做什么的?”梧桐问。

店主没回答，不是因为他不屑回答，而是有些事情不方便跟小孩子说，尤其是关于死亡方面的，就更加要瞒着小孩子。当着小孩子的面也不说死了，也不说“壳消”了，只说老了。所以很多时候，老了就表示死了。至于“壳消”这个感情色彩更加强烈的词，只有在人们极为气愤之下才会说出口，比如一直都死不了的老人终于死了后，就会骂一句:“这老不死的终于‘壳消’了。”

这个词源于碾米时将稻壳剥离后的状态，原意是指稻子碾得很干净，一点稻壳都没沾。相同的词语还有一个是“扁肚”，不过这个词一般用于死鱼身上，打鱼的贺喜最喜欢说:“这些‘扁肚’的就便宜点卖给你们。”

因此小梧桐听到这些词语时，都会很奇怪，尤其她上了学后，再听到这些跟汉语完全不同表述的客家话时，更是像个异乡人那样挠破头皮都想不明白。不过这个店主可是比谁都明白，他店里卖的这些纸鹤，也不是普通死者所能享用的，一定要过了一百岁的老人死后才能用，若是年龄不够的死者用了，就会“折阴福”，所以自他开这家店以来，都没有少于百岁的死者用过它。

而且，他每年都会根据村里百岁老人的数量相应进几只，一般来说，纸鹤的数量都少于百岁老人的数量，只有估摸着这个冬天会比往年冷，会有更多百岁老人熬不住时，纸鹤的数量才会约等于百岁老人的数量。

许多老人也知道纸鹤的作用，所以就会跟其他老人约定：“今年我先用，明年你再用，不要跟我抢。”同是豁了牙的老人就会傻乐起来，说：“没听过死亡还能争的，好，我这回就让你一次。”老人之间说话就百无禁忌了，可以直接说死字。

这些老人坐在围龙屋的天井里晒太阳，所谓围龙屋，是指可以同时容纳五世同堂或者住上一百人之多的大房子，一般背靠山坡而建，呈方形结构，三进式，而且每座围龙屋都会有一座祠堂，祠堂门口挂一块牌匾，一般写着“十德传家”四个字，说明这家祖上历史上出过十位大人物。

老人在相让死亡，远远地看到小梧桐钻了进来，便对她道：“梧桐，你还敢来这个将死之人待的地方？”

“为什么我不能来？”梧桐眨着眼睛问。

“因为其他人都在外面盖新房了，这种屋子没人住了。”一个老人叹了口气。

“而且他们还要把这屋子给拆了。”另一个老人笑着说。

“老爷爷，你为什么这么高兴？”梧桐问他。

“因为今年爷爷就要老了，屋子拆不拆不关我事了。”老人说。

这时另外一个老人就不满了，说：“好啊，我还没老呢，你就说风凉话，不让你了。”脸上带笑的老人就去安抚对方，好话说尽才让对方重舒眉头。

“县里来人了。”梧桐说完用手指了指大门。几个身穿黑色西服、打着红色领带、戴着金丝眼镜的文化人就进了门，领他们进来的是梧桐将来上学时的语文老师。语文老师充当这些人的向导，一一给他们讲述这座围龙屋的历史，这几个文化人频频点头。然后他们径直从这两个老人身边走开，进到屋里，屋里一片昏暗，摆了一张桌子，桌上放了几块腊肉，点了几炷香，他们拿出手机照明，拾级而上，木楼梯有些摇晃，有点颤抖，几人要扶着墙壁才敢把脚往上迈。

“听说前几天这楼梯里发现了一条盘起来的蟒蛇。”语文老师说。

这话让这几个文化人大吃一惊，纷纷停住了脚，有一个个子比较高的甚至在想还要不要上去，但又怕别人看穿他的心思，背地里笑话他一个吃公家饭的人胆子跟针一样小，有损文化人的身份，便硬着头皮继续上。为了壮胆，他一直顾左右而言他，不过好在语文老师很会做人，及时担起了一个向导的责任，这才没让这段楼梯之旅出现尴尬的局面。

楼上由于有一个巨大的木窗，所以亮堂了许多。这些人关掉手机照明，来到第一面墙上，看了半天也没看出墙有什么好看的。经语文老师指点，才发现墙壁上的涂鸦原来是文字，不过文字比医生开具的药单还潦草，正不知该不该念出口时，语文老师这个向导又及时发挥了作用。

“这是当年红军在这里留宿时写下的。”语文老师说，“今借了老乡两斗米，待革命成功后一定加倍返还。”

这几个文化人一听，掏出手机争先拍照。其他墙壁上写的则是一些批斗大地主的标语，文化人也拍照留念。参观完后，个子较矮的那人握住语文老师的手说：“这个老屋很有文化价值，更有历史价值，我一定向县里申请，拨款好好修缮这个老屋。”

语文老师很高兴，将他们送下楼。文化人经过两个老人身边时，终于停下了繁忙的脚步，对他们说：“老人家，现在生活这么好了，一定要长命百岁啊。”

可惜这两个老来多寂寞、搭伙过日子的老人听不懂普通话，只能用含糊的客家话说：“什么时候跟县里说说，让人帮我们修修屋顶。”

来人抬头一看，发现屋檐下的屋顶真豁了一个口，现在正不断往下掉灰，想到刚才从那儿走过，文化人下意识地往自己肩膀看去，发现肩膀上也落满了灰，真变得跟一个泥腿子那样脏了，忙用手去掸灰，不过又弄脏了手，便伸着两只手去天井里的压水井旁。语文老师见状，跑过去把手握在压水柄上，帮他把水压引上来，这人伸出手去洗，发现水凉飕飕的，用手掬了一捧水，饮了一口，差点冻坏牙口，不禁感叹道：“还是井水甘甜。”

然后他又看到那个不断往下落灰的屋檐，害怕屋子突然塌了，便找了个借口匆匆走了。语文老师将他们送走后，等了很多年都没等到他们的再次光临，至于那笔修缮老屋的钱更是连影都没见到。每天晚上，他都会坐在电视机前，看看县电视台有没有报道这个老屋的现状，但每次等来的都是失望。从那以后，语文老师只要一上课，就会痛骂这两个拿了他一条价值五百块的金狼，捉了他两只大公鸡的铁公鸡。

而梧桐这个时候就会从座位上站起来，让老师消消气。语文老师一看到梧桐，就会骂道：“要不是你在前面带路，这两只铁公鸡也飞不进去。”

这话就没道理了，所以语文老师说完就会摸摸脑袋，说：“其实不能怪你，要怪也只能怪老师，谁让我信了他们的话呢，搞不好那些人只是来找写作素材的。好了，不说了，现在上课。”

最后不管梧桐怎么央求，店主都板着脸孔没卖，还告诉这个闹脾气的梧桐：“你哭也没用，你还没到用纸鹤的年龄，等过个一百年再说也不迟。”

倒是陆禄，跟这个老板做了一笔很大的生意，买了一大堆零食，怀里都放不下了，就把一些零食放到梧桐身上，跟她说：“梧桐乖，这些都给你吃。”

梧桐这时抹了一把泪，伸手要那个放大镜。陆禄告诉她买了放大镜就买不了鞋了，好好想想要哪个。

“我就要放大镜。”梧桐说。

第七章 行蚁

陆海空赌博的地方也是在这个小卖部，小卖部分为两层，楼下卖东西，楼上赌博。

“楼上点灯楼下光”，这句话指的是楼上赌博的声音经常会传到楼下，从而被过路的警察逮个正着。

人们眼见于此，就会想出隔音的办法，然后让一人站在楼下，楼上使劲说话摔桌子，跟着打电话给楼下的人，问他能否听到声音，如果楼下的人回答听不见，那么这句话就会改写为“楼上点灯楼下暗”。如此一来，这些赌徒就可以通宵聚赌，再也不怕因为声音大而被警察一窝端了。而本来怡情的小赌也愈赌愈大，以前要是听说谁输了几十块钱，人们都会替对方肉疼，但现在哪怕听说谁一个晚上输了上万块，也丝毫不觉得奇怪，反而还会怪这人手气怎么这么烂，最后甚至会给对方加油打气：“没事，早晚有一天会赢回来的。”

这句话不单单是加油，而是肺腑之言，因为大家都知道，赌桌上的钱不像自己辛苦劳动所得的钱，因为赢得容易，输得轻易，所以人们将赢钱看作暂时替别人保管钱，将输钱看作借钱给别人，以后一定会连本带利还回来的。

如果能在赢钱或者输钱之后及时抽身离去，那么赢的钱才会变成自己的，输的钱才会让人真正心疼，但就像狗改不了吃屎一样，只要沾上赌博的人，就没有一个能全身而退的，不是赢家最后变成输家，就是输家最后变成赢家，没有经历一次妻离子散、家破人亡是不会让他们罢休的。

不过这种情况一般很少发生，赌桌上所有的钱加起来最多几百块，既不足以警醒人们，更不足以让人们砸锅卖铁凑赌资，但几乎所有的赌资都是由几十块慢慢变成上万块的，所以这种情况往往是家破人亡的先兆。

不过幸好在这些人中有一个头脑清醒的，这个人有时会自己玩上三把，三把过后不管是输是赢，都会及时收手，变成一个围观者，看到越赌越大时，就会提醒他们停下，如果他们不听话，就会吓唬他们：“你们再不停我可要报警了。”输急眼的人一听，就会将牌一丢，告诉赢家下回再来，而赢家则会做出一副谁怕谁的姿态，然后各自下楼，走到楼下逐渐被烈日晒出了困意，呵欠连天地回家睡觉。

现在赌桌上的调解员是贺喜，不过他和别的调解员不一样，他还负责帮输家挽回点损失，换句话说，在他的眼里赌博一定不能输到丧失理智，如果发生这样的情况，他就会设法让赢家把钱往外掏一点。

几乎所有人都记得陆海空与金银的那场赌桌对决，当时贺喜突然出现，让这场对决多了一种无法言说的况味。一场赌博有他没他差别是很大的，这么说吧，有他的赌博就像五味杂陈的人生，没他的赌博就如饮白开水一样乏味。

贺喜能很好地把控全场，他可以在短时间内让一个赢家从沸点跌入冰点，也能在短时间内让一个输家从冰点升到沸点。当双方互换身份后，贺喜看看赌桌上的钱，就会站起来让双方握手言和，说："今天就到此为止。"这话一出，不管赢家内心多么不情愿，都会乖乖听话，因为虽然赢得不多，但起码没有撕破脸皮；而输家虽然也很想彻底翻本，不过看到已经不像刚才输那么多后，也会在贺喜的话中顺水推舟。

"能否借点钱来花花？"陆海空将贺喜借给他的钱还回去后说。

"我自己的钱都要去茅坑里摸。"金银不乐意。

一个吝啬鬼的形象就这样呼之欲出。陆海空自讨没趣，臊眉耷眼地准备离开赌场，如果仅是如此，这场赌博还不会事后一直被人提起，很多时候赌桌上无新事，诡异的事一般发生在赌桌下。就在陆海空准备走时，金银突然在缭绕的烟雾中感到有点难受，他慢慢地踩过地上那些烟蒂，来到靠墙的沙发上躺下，贺喜见到后，忙走过去问他怎么了。

“我太累了，需要睡一觉。”金银说。

贺喜回到那张赌桌前，此时已经换了另外几个人坐在那里打牌，而陆海空也站在一个人的身后观望着。贺喜让他快点回去，别再玩了，陆海空摆摆手说他只看不玩。贺喜活动活动筋骨，打了个呵欠，准备下楼，经过金银身边的时候，发现他脸色不太对，过去用手指探其鼻息，发现没气了，连忙让那些打牌的人静静，接着又去探其鼻息，真没气了。

“不好，赶紧打 120。”贺喜说。

当救护车到达现场的时候，金银那个挺着大肚子的新娘子也站在凑热闹的人群中，一边嗑瓜子一边说话：“要我看，这么老了就不该浪费钱抢救。”她以为是哪个老人不行了，然后就看到几个身穿白大褂的人从楼上抬下一个脸色苍白的人，她一看，不对，这不是自己的老公吗？丢下瓜子冲过去，摸着金银的额头，发现冰凉一片，旋即自己的心也凉了，等回过神来后，救护车已经载着金银去县里了。

最后到底是没救回来，医院的诊断是脑溢血，要是早发现一分钟也能抢救回来。贺喜听到这个消息后，已经坐在家里吃饭了，他想着当时要是在金银想睡觉时有医生在场，一定还能救回来，不过说再多也晚了，金银已经躺在了冰凉的太平间，他的老婆正趴在他身上号啕大哭。

她哭完后，擦干泪水，回来的时候手里抱着一个骨灰盒，她冲每一个当时在场的人打听情况，然后来到了陆海空的家里。陆海空当时看到儿子陆禄买的那些零食，知道兜里的钱就是他偷的，正把他脱光了绑在树上鞭笞，看到金银的老婆抱着一个罐子进院子，赶紧迎她进屋喝茶。

她的表情冷冷的，坐在凳子上不说话，也不喝茶，而是将那个罐子放到陆海空吃饭的桌上，陆海空一看到罐子的形状就明白了过来，说：“把这个放这儿不合适吧。”

她依旧没有说话，看到陆家的佛龛，把罐子摆到了上面，陆海空伸手去抢，无奈被她死死护在怀里。争抢之下，罐子突然掉到地上，摔得粉碎，骨灰撒得哪都是，她蹲下来把骨灰捧到手心。陆海空看不过去，找来另外一个瓶子，让她把骨灰装进去。她含着眼泪一把一把地把骨灰装进去，然后用手指去捏落在地缝中的骨灰，接着捧着这个瓶子坐回了桌边，最后把这个平常装酒此时装了骨灰的瓶子放到桌上。

“听说我老公是因为和你赌博才死的。”她终于说话了。

“金银当时确实在跟我赌博，不过是赌完以后才发生这个意外的。”陆海空说。

“意外？你打算怎么办？”她问。

这一问就有点让陆海空疑惑了，听她的意思，好像是他杀了金银似的，人死不能复生，他所能做的是帮这个年轻的寡妇一起处理好金银的后事，要是想让他一命赔一命，不管从哪个层面上来说，都没有道理，而且还有法律呢。

“我没要你赔命。”她说，“我只想让你赔钱。”

“你想要多少？”陆海空问。

“五十万。我打听过了，车祸死去的人可以赔八十万，”她说，“因为我们是乡亲，所以给你打个折五十万，这钱不是为了我自己，而是为了我肚里的孩子。过几天孩子出生后吃穿用度各个方面都要花钱，这点钱说实话一点也不多。”

“你怎么不去抢？”陆海空以为听错了，“再说，金银的死跟我一点关系都没有，为什么我当时没死，还不是你家金银早就有病。”

“你骂谁有病？”她站了起来。

“我的意思是你家金银的病要是早发现或许还有救。”陆海空解释道。

“你就说赔不赔吧。”她慢慢坐了下去。

“不要说赔不起，就是赔得起我也不会做这个冤大头。”陆海空摆摆手说。

“好，这可是你说的，你家陆禄走路得小心点。”她威胁道。

说完话，她抱起瓶子离开了陆家。陆海空出去将陆禄从树上解下来，将他锁进了鸡圈，警告他说：“以后别去上学了，就待在这。”

金银的老婆来到了贺家。贺喜正让她上了学的闺女教他普通话，学得磕磕巴巴，被凤凰嫌弃不已，贺喜却道：“你脑子也不笨啊，怎么也留了两级。”凤凰还未回答，就看到门口暗了下来，抬头一看，发现是金银家的女人，连忙站起来。金银的老婆没进去，而是站在门外，贺喜看着她抱着的酒瓶，看到里面粉末状的东西，不知道里面装的是什么。

“我家金银现在变成这样了。”她晃了晃瓶子。

贺喜叫凤凰回房间，没有他的话别出来，然后拿了两张凳子放到屋檐下，自己坐一张，让她坐一张。两个人没有面对面坐着，而是头都冲着外面，两人没怎么说话。贺喜要是早知道会发生这种事，打死他都不会去做调解员，不过他没有把这话说出来，金银的老婆一直望着陆家养鸽子的那片山，也不知道心里在想什么。

“你觉得一条人命值多少钱?”她问道。

“无价。”贺喜不知道她要干什么。

“要是这条命还有一个未出生的小孩呢?”她继续问道。

“那更是无价了。”贺喜回道。

然后金银的老婆又提了那个要求。贺喜一听，倒吸了一口凉气，他的意思是五十万确实不多，但不应该找他要，更不应该找陆海空要，至于找谁要，只能找老天要，因为说实话没有人要金银的命，而是老天收走了他的阳寿。

“不过我还是会尽我所能补偿你、你们的。”贺喜看了一眼她的肚子。

这个态度让她稍微宽了宽心，她抱起瓶子站起来走了，走了一半又回头对贺喜说:“你是个明事理的人，我不找你麻烦。”然后头也不抬地来到了那家小卖部。店主因开的赌场出了人命，好几天闭门不出，连小卖部都关了，所以当金银的老婆来到这里后，只看到了一面白晃晃的卷帘门，她走过去敲门无人回应，不管敲得多大声，就是没有人把门打开。

“我不是来找麻烦的，我是来买东西的。”她说。

门拉上去了，店主探出脑袋问她要买什么。

金银的老婆要买三样东西，一样是丧葬用品，一样是放大镜，最后一样是一瓶“乐果”。店主将丧葬用品打包好，在里面悄悄放了一只纸鹤——也不管会不会折金银的阴福了，然后走出柜台，对她说:“我只能卖给你这些东西，放大镜上回被梧桐买走了，至于

‘乐果’，我现在不能卖给你。”

“为什么?”她问道。

“我怕你想不开。”店主说。

“放心，我不会像别人那样喝‘乐果’自杀。”她冷笑道。

“只要你能说出用途，我就卖给你。”店主说。

“快开春了，我拿来除草。”她回道。

最后除了那个放大镜，她买到了丧葬用品和一瓶“乐果”。她找店主要了一个塑料袋，里面放着“乐果”和放骨灰的瓶子，她一边走，塑料袋里的两个瓶子就互相撞击，发出叮叮咚咚的声音，也不知道是那瓶农药撞了那瓶骨灰，还是骨灰撞了农药。

她拿着这些东西在路上遇到了刚吃完午饭的梧桐，梧桐手里拿着一个放大镜，蹲在地上对着太阳烧蚂蚁，看到面前出现了一双脚，挡住了阳光，就好奇地把头仰上，看到一张疲倦的脸，梧桐甜甜地叫了一声：“新年好。”

“新年好。”她说，“梧桐妹妹，你能把放大镜给我吗?”

梧桐将放大镜给了对方，但对方连谢都没谢一声就走了，梧桐看到她走过了那座无忧桥，来到了那片陆禄家养鸽子的小顶峰。

梧桐跑到无忧河边，看到对面的小顶峰突然冒烟了，就像她用放大镜烧蚂蚁时冒出的烟那样，刚想去叫人，就看到很多人都往那里跑。

金银的老婆来到鸽子房时，一屁股坐在了地上，天上那群鸽子正往外飞，看样子有好几百只，数不清楚，她坐在地上等鸽子飞回笼中，无奈等了一会儿鸽子却越飞越远，于是她将塑料袋里的“乐果”拿出来，另一只手正握着那个放大镜，她一会儿看看“乐果”，一会儿又看看放大镜，最终将“乐果”放回了塑料袋，将脚边的枯草堆成一堆，揽着放到了鸽子房里。里面还有一些鸽子，正冲着这个走进来的陌生人扑腾翅膀，她把所有的窗户都给打开，好让阳光可以直射进来，然后将枯草放到阳光下，用放大镜照着。

当枯草点着后，她没有动，她打算与这些鸽子同归于尽，但随着火势越来越大，她终于没忍住，跑出了鸽子房，拿起地上的塑料袋就往竹林里钻去，然后站在一块空地上注视着这场自己引起的大火，看到许多救火的人出现后，鼻头一酸，喃喃自语道：“一场火都有那么多人去救，为什么一条人命却没一个人去救?”

接下来的几天，她就像个没事人似的，照吃照喝，而她的丈夫就被她放到房间的梳妆台上，房间里的那张结婚照还很新，就像前几天刚拍的一样。她要等过完元宵之后，再让丈夫入土为安。想到从今以后就要与他天人永隔，她吃着吃着饭就会眼含泪水，不过她不会让别人看到她伤心的样子，而是会将泪水咽下去，与泪水同时咽回肚里的还有嘴里已经没有味道的饭菜。

其他家庭并未受到什么影响，依旧沉浸在过年的喜庆气氛中，该拜年的拜年，该吃喝的吃喝，好像金银是死是活对他们来说都一样，只有一种方式能让他们想起曾有一条鲜活的生命真的没有了，那就是在赌桌上。当他们在赌桌上打牌时，有时会叫错其他牌友的名字，尤其看到有的牌友的牌风也像金银那样强劲后，就会下意识地说：“金银，你这小子是不是作弊，怎么每次捉的牌都这么好?”

当意识到叫错了人后，才会发现金银已经不在了，此时正躺在一个酒瓶里，不知道何年何月才能下葬。

“最倒霉的要数他的老婆，”有一人说，“还这么年轻，路还这么长。”

“对啊，以前他们还没结婚的时候，虽然金银蹲过无数回局子，”另一个人说，“但那都是有盼头的，现在进了地狱这所局子，可就是永生永世了。”

由于金银的离去，他们把牌桌搬到了太阳底下，一边打着牌，一边说着话，但贺喜却有点反常，一直不在状态，这是一场乏味的赌局，比接下来的那一场大火无趣多了，当贺喜帮忙救完火后，想着这几天发生的这些怪事，就会走到金银老婆面前，让她把骨灰放到围龙屋里的祠堂。

“祠堂都快塌了，你想让我家金银被压在底下投不了胎?”她问。

“不，不，你误会了，我们会凑钱修缮祠堂。”贺喜说。

所有人都认为围龙屋塌就塌了，但旁边的那个祠堂确实该修葺了，这间好几个姓联合修建的祠堂早已经不起风雨了，就是胆子最大的小孩都不敢进去玩耍。早些年还有老人住在里面，每天早晚两炷香，人们看着从祠堂里飘出的烟，就会知道老人还有一口气，他们根据每天点的香判断这个老人是死是活，因为没有人敢进去看一眼，就怕前脚刚迈进去，后脚瓦片就掉下来。

当祠堂断了香火后，人们就知道老人不在了，然后邀集几个胆大的年轻人，捏着鼻子进入，终于在跪垫上发现了这个跪着的老人。

年轻人一看，说："这不是还活着吗？走走走，臭死了。"

带头的出手阻拦，说："过去看看。"

于是他们捏着鼻子靠近，将视线从跪垫移到那个"藏风聚气"的香案上，上面呈金字塔状摆放了好几溜灵牌，惹满了蜘蛛网，香炉中积了一炉灰，而两侧的对联也已经剥脱了。

带头人先是用手摇了摇老人，发现老人的肩膀会蜇人，马上松开了手，又来到老人面前，探他的鼻息，这不看不要紧，一看就让他一屁股跌到了地上，老人的脸已经成了一个蜂窝煤，再检查他的身子，肋骨早已如戳在一起的枯枝一般。年轻人吓得连滚带爬，带头的跑出去叫人帮忙抬尸体。

从那以后，祠堂就彻底败落了，没有人再进去，更没有人会从旁边走过。这几姓共享的祠堂也因为供奉了好几家的祖宗，所以哪一家都不愿意牵头去维修，即便好不容易说服他们维修祠堂，也没有一家愿意多出一分钱，因此虽然捐赠的人看似很多，但收上来的钱还不够刷一面墙。

眼看钱不够，这些人非但不凑足钱，还将掏的钱要回去，觉着把钱花在一个破祠堂里还不如玩几把牌有意思。所有人都觉得祠堂破落下去，直到崩塌没什么不好，就像一个人，到了年纪总会去见阎王，但唯有一个人这么多年来一直为维修祠堂奔波，因为要他一个人出那修祠堂的二十万铁定拿不出，只有众人合力才能完成这个善举，然而说破嘴，磨破脚，却无一个人搭理他，为此他就把主意从村里打到了县上，试图以保护古建的名义让县里拨一笔钱维修祠堂。

无奈县里来人后，好几年过去了还是没消息。语文老师确实在手机里的县报上看过关于这个村落的文字，但既不是报道，也不是小说，而是一篇没有出现具体地名，可以是任何一个乡村的随笔。

这种随笔常发无谓的感叹，作者本人抒发感情也就罢了，非得拉上一干古人垫背，不是唐之韩愈，就是宋之东坡，好像没有这些古人撑腰，作者连发感叹都没有底气似的。

语文老师将手机一丢，该教书教书，该割稻割稻，慢慢地就把这件事给彻底遗忘了。不过那天经贺喜一提，他内心的希望又复燃了，于是他紧紧地拉住贺喜的手说：“修祠堂有你带头就好办了。”

“金银的骨灰可以放进祠堂，但修祠堂的钱我一分都不会出。”金银老婆说。

“没事，我替你垫了。”贺喜说。

“我第一个出，我第一个出。”语文老师很激动。

语文老师就拉着贺喜的手来到祠堂门口，指着上面的牌匾让贺喜看。贺喜看了半天，除了看到“十德传家”四个字，什么也看不到。语文老师告诉贺喜，这四个字除了说明祖上曾经出过十个厉害人物，更重要的含意是十个姓氏的祖先加起来才能传家。

“就像众人拾柴火焰高一样。”语文老师强调道。

“我不像你是老师，说的话像老母猪的奶子一套一套的，你就说你让我看什么吧。”贺喜说。

语文老师将自己戴的眼镜摘下来，递到贺喜的手上，贺喜不知何意，捏着那副眼镜，语文老师急坏了，动手帮他戴上。贺喜疑惑地把眼镜架在鼻子上，有点头晕，然后就在阳光下看到那幅牌匾上还有三个字。

“马先风。”贺喜念出了声，“这个名字怎么这么熟悉?”

跟着看了一眼一脸自豪的语文老师，终于明白了过来，说：“噢，原来这是你的名字啊，不过你的名字为什么会出现在上面?”

“这话说来就长了。”马先风卖了个关子。

这话说起来确实不是一两句话能说清楚的，这要回到马先风还不是语文老师那会儿，那时马先风从县里的“救命高中”——现在有了一个好听的名字——“县城五中”毕业后，一个人背着行囊踏上了北上之路。

从那以后，他的足迹遍及全国各地，写下的文字也像他的步子一样多，就是这些加起来比走过的路还长的文字让他通过刊物声名鹊起，最后他人还没回到家乡，文字先他一步回到了县里。

县里见家乡出了一个作家，就邀他回乡做报告。马先风在西藏的布达拉宫前接到县里打来的电话，然后二话不说就乘飞机回到家乡。出面接待他的是县图书馆的馆长还有县二中的校长，马先风对馆长的出现不冷不热，反把热情都倾注到了二中校长的身上。

马先风拉着校长的手说：“真不敢当，我读书时很想考二中，却死活考不上。”

校长笑着说：“欢迎马作家来敝校做报告。”

他们当时坐在图书馆二楼的接待室，馆长不断地给他倒茶，但马先风离家多年，早已喝不惯茶叶——其实他是觉得茶叶不就是树叶嘛，用树叶泡茶甭提有多奇怪了，而是爱上了喝咖啡，所以馆长见给他倒的那杯茶他一口没喝，就有些急了，问他是不是茶叶不合口味。

马先风情知自己失态，端起来一饮而尽，然后告诉馆长真是好茶，真是好茶。

“既然是好茶，那马作家就得多喝几杯哦。”馆长给他续杯。

“对了，这次演讲要讲什么内容?”马先风问。

“就说说你是怎么开始写作的。”馆长说。

“那题目就是《我的写作之路》?”马先风说。

“可以，可以。”校长点了点头。

几天后，当马先风坐在二中的教室对着下面一片黑压压的学生时，真的感受到了方鸿渐第一回上课时的紧张之感。不过他毕竟走南闯北，见过大世面，所以很快就冷静了下来，然后坐到话筒边，开始了历时两个钟头的演讲。

马先风讲得口干舌燥，好在寓庄于谐的语言风格让这些学生时不时地爆发出如雷的掌声。在掌声的哄抬下，他愈加放得开了，最后甚至不惜揶揄自己就读的“救命高中”。

有一个学生举手问他：“什么是‘救命高中’?”

“就是学习成绩不行的，去那里养大三年，”马先风回道，“因为如果初中毕业就出去打工还是个童工，不合法，在‘救命高中’养大个三年就可以出去合法打工了。”

又是一阵笑声。

“那么，现在‘救命高中’在哪?”学生继续发问。

“不就是在城郊吗?”马先风有些疑惑。

“城郊只有五中。”学生回道。

“哦，原来刘季当皇帝改名叫刘邦了啊，看来‘救命高中’麻雀飞上枝头变凤凰了。”马先风笑道。

因为演讲的效果不错，所以村里要求马先风别出去了，留下来当小学的校长兼语文老师，那个时候正值马先风写作上升期，而且他还有个很奇怪的观点，即走了多少路才能写出多少字。所以他虽然也很想就此安定下来，但因为害怕有损自己的写作能力，他考虑了很久还是没有最终下定决心。

于是他从屋里走出来，看到外面闹哄哄的，就信步走过去，发现大伙在修葺祠堂，有人告诉马先风：“村里出了个大作家，看来真要把祠堂好好修一修。”

然后就看到那个写着“十德传家”的牌匾高高挂起，马先风当时还不近视，眼尖，在上面一下子就看到了自己的名字，拉住一个人，指了指牌匾问道：“这上面怎么会有我的名字？”

“你现在是大名人了嘛，当然要把你的名字高高挂起。”这人回道。

就是这块牌匾让马先风最终决定留在家乡教书育人，至于留下来会不会影响写作，他则另有一番说辞：“闭门造车，出门合辙嘛。”

头一阵子，还有人时不时地请他去吃饭饮茶，就在他刚觉出茶的滋味时，却没人来请他了，这才想到仅凭自己的老师身份是不足以让人们常打开大门欢迎他的，还是要靠作品。于是他抓住每一个空当写作，无奈他只要一握笔手就发抖，一思考脑子就生疼，他终究是无法写作了。

人们对他的称呼也渐渐从作家转变成老师。

开始，他以为是课业繁忙的原因，所以就准备在寒暑假写作，没想到还是不行，往往枯坐一天，眼看田里的稻子农人都收割大半了，他笔下的字还是一个都没有，至于寒假就更别提了，不是被窗外的鞭炮声惊扰，就是被从门外吹进的一阵寒风冻得打摆子。

直到他抬头看到对面那座已经布满蜘蛛网的祠堂，看到祠堂牌匾上自己的名字，才一拍大腿，大叫道："原来问题出在这。"

仗着自己的作家身份，他闯了一趟县政府，接待他的人脸冷了，手慢了，沏出的茶也凉了，最后还是看在那个馆长的面子上才答应下乡一趟。

没想到来人回去后，就像黄鹤一去不复返。从那以后，他就断了这个念头，教自己的书，将写作彻底深埋心底，而且这一届的学生梧桐好像很有写作天赋，或许可以培养一个作家出来。至此，他终于摆正了自己当老师的心态，专心教书育人。

贺喜没想到这个语文老师还有如此神奇的经历，顿时对他高看起来，平常他去贺喜家家访时，贺喜都没给过他什么好脸色，而且只要他人一走，凤凰那小王八蛋马上就会跟贺喜打小报告，说这语文老师没有一点水平，经常把“粤”教成“奥”，把“戌”说成“戍”。

“还说什么南回的燕子就好比他自己，然而燕子终有一天会回北方，他却不知要何时才能再去一趟。”凤凰学着语文老师的口吻说。

贺喜跟女儿在背地里没少笑话这个老师。现在得知老师的经历后，贺喜一脸羞愧，久久不敢正视他，想起鼻子上还挂着他的眼镜，摘下来，颤抖着双手还给他。

其实贺喜应该早就知道的，之所以后知后觉，是因为他把这里所有人都看成了“山猴子”，就是没见过世面的意思，与汉语中的“井底蛙”是近义词。

而且还奇怪语文老师这只“山猴子”教出的学生普通话怎么跟新闻联播的主持人一样好，没想到是自己有眼不识泰山，人家年轻时候哪没去过，说一口正宗的普通话有什么好稀奇的?

“马老师，我一定尽全力把祠堂给修了。”贺喜郑重地说道。

“谢谢你。”马先风说。

两人还在说着话，金银的老婆就端着一个木盒走来了，她把丈夫的骨灰倒进了木盒中，然后盖了一张红布，在几个看热闹的小孩的簇拥下来到了祠堂门口。

金银的老婆没有进祠堂，而是坐在祠堂外的莲花池边。池塘里的水早就没了，显露出干涸的池底，几株曾在水面绽放出莲花的莲根也萎了，有调皮的小孩跳进池底，去踩上面还未变硬的淤泥，留下一个个小脚印，最后池塘里盛开了无数双脚丫子，脚丫子里灌满了雨水。随着春天的到来，里面出现了好多蝌蚪，这些蝌蚪会在夏天到来前，变成青蛙，变成蛤蟆，一起把歌唱，歌声让在校园里教音乐的老师出神一会儿，丢下正跟着自己学《十送红军》的学生，跑到祠堂门口，发现祠堂已经被修好了，然后观察池塘里那些黑压压、肚子上布满斑点的青蛙、蛤蟆是用哪个部位发声的，远处田野里的稻香迎面吹来，音乐教师想到教室里还有一帮好学不倦的学生还在等着他回去上课，又拔脚赶回教室，一路上碰到的都是扛着锄头的农人和边走边用尾巴去扫牛虻的黄牛。

“你们说我老公是等祠堂修好后再放进去，还是现在就放进去?”金银的老婆说。

贺喜看到她坐在池塘边，说：“别坐那边，等会儿掉下去了。”

“没事，有我老公保佑我。”她终于笑了。

贺喜的意思是最好现在放进去，或许还能保佑祠堂尽快修起来，说着就回头问马先风：“你说是吗？马老师。”

但马老师已经走了，正一步一个脚印地往家里走去，他从来都对与自己无关的事漠不关心。换句话说，早年他是一个充满好奇心的作家，现在他是一个对生活失去热情的老师，除了关心祠堂何时修好，其他诸如谁死了、谁生了这种大事，一般都要别人告诉他，他才会知道，知道后也没什么表情，而是“噢”一声。

自从他一个字都写不出来后，他俨然是一只失去嗅觉的猎犬。也有人曾给他介绍过对象，不过都被他拒绝了，拒绝的原因很奇怪：“我现在没有兴趣了。”

他已经看透了男女之事，年轻时期盼的爱情在这个时候就像无法再开花的老树，虽然有的媒人见多识广，会告诉他老树开新花的例子很常见，然而他却真的对这种“一树梨花压海棠”的事提不起兴趣了。

不过今天，因为修建祠堂的事有了眉目，他好像重拾了热忱一样，回到家就把尘封已久的书从柜子里拿出来，放到阳光下晾晒，一本一本地翻看。这些书都是早年发表过他作品的杂志样刊，几乎遍及全国各地，文字的果实盛放在每一种以花取名的刊物上，文字的火苗燃烧在每一种以地方命名的刊物上。

最后他翻出那一本家乡刊物，这上面有他发表的最后一篇作品，他的文学之路燃于故乡，最后没想到也在故乡熄灭。他快步回到房间，从墙壁上撕下那张纸，纸上写了一句杜甫的诗：

“仰蜂黏落絮，行蚁上枯梨。”

第八章 乘象

夜空里传来了一声嘹亮的啼哭。

这声啼哭打断了正在回忆往事的梧桐与陆禄。两人同时被吓了一跳，梧桐以为是哪个大肚婆生了，但陆禄却吐了口口水，告诉梧桐：“这一定又是冯疯子发疯了。”

冯疯子有一个好听的名字，叫冯琴。这是一个女人的名字，但安在冯疯子的头上倒真是王八对绿豆，对上眼了，原因是冯琴疯起来简直比泼妇还可怕。

他是小学音乐老师，在不发疯的时候弹唱跳俱佳，深得学生喜欢。不过有时候上着课，他就会突然消失，留下一班小脑袋里充满问号的学生，然后就听到从山的那边传来老师的歌声。

如果不是为了稻粱谋，冯琴更愿意对着一座大山，冲着一条河唱歌，在他的眼里，没有人能比山河了解他，将歌声唱给这些凡夫俗子，无异于对牛弹琴，但在山河的面前，他随时都能享受到高山流水遇知音的乐趣。

这种乐趣妙不可言，所以那些仅仅因为多收获了几斤稻谷，米多粜了几块钱就能高兴一个冬天的农人见到他自得其乐的样子，就会去问他：“是不是涨工资了？”

“俗，俗不可耐。”冯琴回道。

农人摸着脑袋，疑惑地看着这个慢慢走远的音乐老师。冯琴打着赤脚，露着胸膛——那双脚走遍了每一座大山，那扇胸脯被每一阵风吹过，大摇大摆地走在路上，奇怪的是，虽然打着赤脚，但他的脚却比小媳妇的还嫩，虽然光着胸膛，但他的身子却比婴儿的还白。而那些打量他的农民，虽然脚底长了厚茧，身上晒得黝黑，上山下河还是要穿鞋穿衣。

冯琴体质奇特，只要不上课，就喜欢赤脚往山上跑，山上遍布可以戳穿牛蹄的荆棘，但拿他的脚却一点办法都没有，一脚踩上去，那些荆棘就像倒伏的稻子，而他的脚却好像踩在水里一样，不红不肿。

他一般不走别人走过的山路，而是用自己的脚开辟出新的道路，他的脚踩过的地方就是一条路，他的人到过的地方就是一片旷野，很多人都喜欢跟在他屁股后面，因为只有他能发现别人发现不了的野果，只有他能领他们抄捷径。只要跟在他后面，不管多高的山、多密的林，都不怕迷路；只要跟在他后面，不管天多黑，雨多大，都能用歌声壮胆。

只有他知道大顶峰不单单只是长满可以煮饭烧水的木柴的大山，还是一个望远镜，可以将他的视线拉到数公里以外的县城。如果这座山再高一点，他甚至能看到更加辽远的地方，不过能眺望到县城，他就很满足了。登高望远，会看到县城的四周也同样是山，只不过最西边的那座山已经矮了一半。那是一座金山，挖了二十年金矿后，已经从最高峰变成了最低峰，只要还能挖出金矿，想必再过几年，就会被彻底抹平，然后让冯琴远眺的视野变得更加宽广，说不定能直接看到邻县的山水。

金山不仅矮了，身上穿的衣服也变成了黄色，这件黄衣之前是绿衣，人们为了得到它的心，残忍地剥光了它的衣服，然后利用一切高科技手段剖其心，剜其胆，终于在几年后，探到了它雄健有力的心跳，然后一车车的金矿就这样被运至全国各地，一座座高楼就这样拔地而起。

没了衣服遮羞，每年夏天的风一吹，吹来的就不是花香，而是黄沙了，在这个远离沙漠的南方县城，能看到罕见的风沙，不知是一种幸运还是一种悲哀。山下的那条河连接数省，其中一条支流就是冯琴脚底下的那条无忧河。有一天，运金矿的车行驶在山上，刚好迎来一阵春雨，本来这种贵如油的春雨，所有人都翘首以待，但可能是山上没有了蓄水的植被，山路只是被春雨一冲，车轮就打滑了，司机将方向盘顺时针逆时针来回转了无数圈，还是没能让车子化险为夷，就这样连人带车掉进了河里。

一条大河里掉进了一辆车，就像有人往河里丢了一块石子，对河来说，都不算个事儿，但没想到车上运载的东西却能污染整条河，被污染的死鱼就这样漂着，漂着，不仅漂去了别的地方，也漂到了无忧河里。

那时正在打鱼的贺喜一看，脸都吓青了，还以为自己的捕鱼技术大有长进，一下子将全河的鱼都给捞上来了，他趴在船边嗅着，嗅着，臭味就这样霸占了他的鼻腔，才明白这些鱼都死于非命，他开始不知道是水被污染了，还以为是被谁用雷管炸死的，就拖了一网兜上了岸，对每一个前来买鱼的人说："今天的都'扁肚'了，算你们半价。"但这些捏着鼻子的人却一个个走开了，在当晚的新闻里，贺喜才知道这些鱼都是被毒死的，便连夜拉着鱼进县里讨公道。

县政府门前已经聚满了人，这些人都拖着一车一车的死鱼，招来了无数的苍蝇。贺喜一打听，原来这些鱼都是他们自家池塘养的，只有他一个人的鱼是从河里捞的，就有些后怕，不过最后还是架不住金钱的诱惑，胆子一壮，也补贴到了相应的钱。在回去的路上，贺喜吃惊地发现那些刚拿完钱的人又把死鱼一车车拉回到县政府，重新索要赔偿，贺喜也想如法炮制，最后想想还是算了，不该占的便宜莫占。

自那以后，那条无忧河里的鱼就变大了不少，贺喜脑子一转，就玩了个花招，把每年开春打到的第一条鱼标榜为开河鱼，然后找来一个风水师，告诉人们，开河鱼比人参鹿茸还补。这话一出口还了得，所有人都抢疯了，让开河鱼的价格是一年比一年高。

冯琴对这些事门门清，起初他还会编歌将真相告诉别人，但所有人都认为他脑子有问题。久而久之，他的心就冷却了，连最喜欢吃的鱼也不吃了，一日三餐都是青菜豆腐，有时实在馋得紧了，就托人去县里买几条，买回来后也不当场杀，而是放在水缸里养三天，让鱼把肚里的脏东西吐尽了，才丢进锅里清蒸，吃的时候，也不敢直接下筷子，而是将整条鱼都翻一个遍，然后才夹起一筷子试探地尝上一尝。别人吃鱼就没有这么讲究了，而是放老多去腥的酱油和葱姜蒜，这么一来，就什么臭味都吃不出来了。

修祠堂那天，他来到祠堂门口，告诉这些人："为什么不管活人，却去管一个破房子？"

贺喜走到他身边，骂道："连个祖宗骸骨都不管的逆子，滚远点。"

冯琴讪讪而走，贺喜没骂错，他确实连父母的遗骸都没管，现在白骨还留在山上，没有像别人一样，将白骨捡到一个缸里，为缸修一个“金水墓”。这种墓地在南方非常常见，外形像一个耳机，不过家住镇上的数学老师却说像希腊字母“Ω”。这种墓用一句民间俗语来说，则是龟壳墓。

不管叫什么名字，这种“形若半月，后仰前俯”的死人墓，常让冯琴远远见到就想跑，但又哪都是，而不是像城里一样，有个专门的墓地。在乡村，几乎只要有人的地方就有墓地，丝毫不管是在房屋旁边，还是在农田之上，抑或是在半山腰，与其遍地开花，冯琴认为还不如就埋在深山，不造坟，不树碑，使其与青山共眠，与绿水相枕。

所以每当冯琴看到那些孝子贤孙其实是用建造的坟墓炫耀身份后，都会替对方的祖宗感到脸红，尤其看到这些新坟看起来比房子还气派，更是会怒不可遏，将手里摘的蓝野花径直丢到碑上，让在一旁吃祭祀品的瘦狗龇牙咧嘴，就怕这个嘴里骂骂咧咧的人跟它争抢。

所有人都对修坟立碑没有什么意见，唯独看不惯冯琴的做法，有时候上山砍柴回家的樵夫就会跟冯琴说：“你父母被野狗刨出来了，现在正在山上没个瓦遮身。”

“没事，他们苦惯了。”冯琴说。

“你怎么能这么说？抽空给他们盖个房子吧，如果手头紧，就盖个小一点的。”樵夫说。

“谁没钱？你说清楚。”冯琴急了。

最后，冯琴还是没用自己的行动证明他不是没钱，而是懒得多此一举。那些人看到他后，都会在他背后指指点点，戳他脊梁骨，但幸好他身后没长眼睛，所以就看不到这些看客的可恶嘴脸。

他站在大顶峰上，离父母不到百米的距离，好像能感受到父母的呼吸，不过此时他的注意力都放到了远方，对脚下的路视而不见，极目远眺，那座金山上车辆来往不断，上山的车和下山的车像蚂蚁般，排得整整齐齐。

他把视线往回收，看到了陆家养鸽子的那座小顶峰，鸽子房掩映在茂密的竹林中，绿竹微微弯着腰，因为站满了雪白的鸽子。在没有鸽子房之前，冯琴最喜欢的去处就是小顶峰，不为别的，就因为那里有几亩可寄托情怀的修竹。

人一走进去，连呼吸都舒畅了，走路也不累了，当听到四周的鸟鸣时，更觉心旷神怡，每一根竹子都那么挺拔，都那么修长，宛如美人的腰肢、美人的玉腿，多少次抚摸着青竹，冯琴就会陶醉其中。如果要是有一扇窗，几根竹枝轻轻地伸过来，再加上天上一轮皓月，还有什么能比此情此景更加吸引人。

不过这终究是一场空想，没有人看到竹子不会想到竹篓、竹筐、竹筷，更没有人看到笋不会想将它们当菜炒了、炖了、烧了、煮了。只有冯琴将它们当作朋友，当作烦闷时可倾听自己歌声的朋友，现在那些朋友生活在水深火热之中，他却束手无策，说起来不知该笑还是该哭。

尤其当鸽子房出现以后，竹林就不是沐浴着春雨，享受着暖阳了，而是那些鸽子粪不是在白天就是在夜晚落到青翠的竹叶上，粘在上面，也不掉下来，每次下雨，走在下面的人就不仅仅是淋雨那么简单了，而是淋着鸽粪雨，别看鸽子看起来洁白干净，但屙的屎可以说是世界上最臭的，人只要一沾上，好几天都洗不干净。

所以有人就想将竹叶全给伐了，就让竹子傻不棱登地立着，像一根又一根的筷子似的。这样不仅不会再淋粪，这里的空间也能大不少，走到里面，一眼就能看到牛在不在前头，再也不用像以前那样，需要在茂竹中找上半天，最后才看到牛就躺在地上午休。

不过陆家没有为一头牛而委屈鸽子，因为这些竹叶说实话就是鸽子的乐园，不仅有助于鸽子的繁殖，更有助于鸽子的健康成长，这样才能多卖钱，谁会跟钱过不去呢。养牛的人一听，确实有几分道理，就拽着牛回家了，一边走，他的牛还一边回头，看样子也对那片竹林恋恋不舍。

现在冯琴好久没去竹林了，他的歌声在那里没了用武之地，经常被鸽子的叫声打扰，看到竹子低着头一脸“我不听、我不听”的样子，冯琴就知道只要这些讨厌的鸽子还在一天，他就永远不能再让竹子在他的歌声中跳舞旋转了。

但是大顶峰很高，他又不能每天都登山，这样身子会吃不消，身子一旦吃不消，他的歌声就出不来，他的歌声出不来，他登山就没了意义，所以他只能去无忧河边，想到尚有一条河接纳他、聆听他，他瞬间就不会感到那么难过了。

站在岸边久了，他就想下去看看，可是一想到这条河被污染过，他就不敢下去了，看到河里有一个脑袋，岸边站了个人，走到这人身边问："梧桐，陆禄在水里就不怕脏吗？"

梧桐看着清澈的河水，就会眨着大眼睛说："不脏啊。"

冯琴用手掬了一捧水，看了看，确实不太脏，他泼掉手中水，脱掉身上衣，让梧桐帮他看好衣服，他要下河耍一耍。在河里的陆禄浮出了水面，看到了这个后来成为他音乐老师的冯疯子，就会有意捉弄他。

捉弄的方式一点都不新奇，而是潜在对方脚下，两手去挠他痒痒，这时在冯琴脑海里关于水鬼的恐怖故事就会浮现出来。他爬回岸上，坐在地上，抚着胸膛说道："吓死我了，水里有什么？"

梧桐抱着他的衣服来到他身边，对他说："水里只有陆禄。"

这时陆禄就换了个姿势，脸冲着太阳，把水花拍到了岸上，冯琴一看，就会一头扎下去，跟这个小屁孩赛水。冯琴在水里很厉害，陆禄一看到他蹬腿的样子，就知道这人不可小觑，便大吸一口空气，然后潜入水底，不一会儿就游到了冯琴前头。冯琴一看，也会换一口气，紧随其后，却老是差半个头，等游到对岸后，两人先后掉头往回游，这时冯琴爬山练出的力气就显出来了，而陆禄却显得力不能支，慢慢地落在后头了，游到岸边时，冯琴早已站在了岸上，居高临下地对着他嚣张地说："怎么样？还敢赛一次吗？"

陆禄回到岸边，不拿正眼瞧他，穿好衣服就气鼓鼓地走回去，梧桐跟在后面，不断在问："小禄，小禄，你怎么走了？"

陆禄一个字都不回答，他在想能胜过冯疯子的办法，都说这是个疯子，可在水里却比谁都精，赛上半场的时候故意留了力气，就等着下半场时超过他，都怪自己争强好胜，力气在上半场都耗尽了，以至于下半场的时候连拉屎的力气都没了。陆禄想到这，又折返回去，跟在穿衣服的冯琴说："冯疯子，我们以后再赛。"

本来这只是一封普普通通的战书，但冯琴却在战书里首次知道了自己"冯疯子"的绰号，于是他拉住陆禄，质问他为什么叫他疯子。

陆禄就觉得奇怪了，以为对方又发疯了，便甩开对方的手，说："所有人都叫你疯子，为什么我不能叫？"

"谁是第一个这么叫的？"冯琴问。

"那我可就不知道了。"陆禄说。

说完，陆禄就拉上梧桐的手走了，一边走一边在偷笑，梧桐看了就问陆禄："小禄，小禄，刚才你还在生气，怎么突然笑了？"

陆禄回答梧桐："刚才我输了，现在我赢了。"

当陆禄上学后发现这个疯子原来是音乐老师时，也愣了，一堂课下来，都在担心对方会不会给他小鞋穿，逃过了这堂课，下堂音乐课又在担惊受怕，不过冯琴好像已经忘了此事，怎么对其他学生，也怎么对陆禄，而且还夸奖陆禄的肺活量大，是个唱歌的好材料。

冯琴与陆禄赛完水后，有一天起来发现耳朵听不到声音了，灌进耳朵的河水还没出来，让他刷牙时耳朵嗡嗡作响，吃饭时耳朵里也似有虫在钻，就连下午他夹着课本走在上课的路上时，耳朵还是像个小喇叭似的吹了一路。

他停下了脚步，坐到一片阴凉处，看着在阳光下走过的行人、动物，热浪灼人，让每个太阳底下的人都汗流浃背，让每一个动物都伸出舌头避暑，还未到放暑假的时候，太阳这锅水就已经沸腾了。

不过对冯琴来说，最重要的事是如何把耳朵里的水掏出来，他看到地上有一盒火柴，烧焦的蚂蚁、蜻蜓、蛐蛐，串了一串，他捡起火柴盒，从里面找到一根没有擦燃的火柴，火柴头是红色的，看上去就像一颗樱桃，冯琴没将这颗樱桃放进嘴里，而是放进了耳朵里，使劲地掏。

梧桐抱了几片树枝，来到冯琴面前问："你怎么坐我的位置，用我的火柴？"

冯琴没有停手，也没有站起来，火柴棒一钻进耳朵，就让他的脑袋有些发蒙，咽口水才能让脑袋恢复清醒，所以他既没有工夫回答梧桐，也没有嘴巴回答她，因为他的嘴巴此时要拿来吞口水。梧桐看着他的喉结忽上忽下，感到有点好玩，以为他在偷吃什么好东西，便伸手去摸他的衣服，掏耳朵的时候最忌有人打扰，万一不小心，很有可能会变成聋子。所以冯琴就有些急了，他很想把火柴拔出来，不过他舍不得，舍不得的原因是他发现掏耳朵很舒服，但不拔出来又怕毛手毛脚的梧桐撞到自己的胳膊，会让火柴直插进去，插到最深处，将他的耳膜捅破。

梧桐摸了一会儿，发现没有，重新站起来，睁着一双大眼睛瞧着这个疯子一边掏耳朵一边眯着眼睛，最后竟唱上了。就是这阵歌声让冯琴本人吓坏了，因为他好像听不到自己的歌声了，他一骨碌地站起来，拍了拍耳朵，耳朵里有温水流出来，他走到路面拦住一个人，说："你在我耳边说说话。"

过路的人嘴里骂了一声，躲开了，冯琴又去拦别人，最后除了讨来了一顿打，那顿骂却一直没听到。这时他才知道坏事了，看到树下梧桐好奇地看着他，撒腿狂奔过去，拉住梧桐的手说："梧桐姐姐，行行好，冲我左耳喊一声。”

冯疯子一疯起来，连辈分都不管了，这让梧桐有点高兴，因为从来只有她叫别人姐姐，没有人叫过她姐姐，所以这个姐姐为了帮助弟弟，当然要当仁不让了，于是她甩着手走到冯琴的左边，冲他喊道：“好弟弟，乖，姐姐给你买糖吃。”

冯琴嘴里喊道：“再大声点，再大声点。”

然而不管梧桐喊得多大声，别人都听见了，就冯琴一个人没听见，这些被突然吓出魂的人走到梧桐面前，让她小声点，大中午的再鬼叫就把她丢到河里喂鱼。被梧桐的叫声惊吓了的除了人，还有那条河里的鱼，它们本来在水里游得好好的，梧桐这小妮子突然扯开嗓子大喊，就让它们误以为贺喜那王八蛋又来了，赶紧钻进了石头缝里，傍晚才敢出来觅食。

冯琴说：“你再冲我右耳喊喊试试。”

梧桐不乐意了，好端端被人一顿臭骂，不要说她还正处于自尊心最强的少女时期，就是成了一个老太婆，无缘无故被人骂，一张老脸也挂不住，所以她就要走了，离这疯子远一点，不然她迟早也会变成疯子。

冯琴看到梧桐要走，连忙拉住她，他虽然听不到梧桐嘴里的小声抱怨，但通过梧桐那张阴下来的脸判断，她一定不开心了，于是把课本从腋下抽出，将课本翻开，里面放了一个放大镜，他拿着放大镜跟梧桐说："只要你再喊几声，我就把放大镜借你玩几天。"

梧桐还不知道放大镜的用处，摇着头不答应。冯琴急了，来到那一串蚂蚁、蜻蜓、蛐蛐的尸体旁，用手指着告诉梧桐："有了放大镜就不需要火柴了。"说完话蹲下来当场示范，梧桐惊奇地看到有烟从放大镜里冒出来，然后那一串昆虫尸体烧得更焦了，赶过去抢下放大镜，仔细看了个遍，跟着走到冯琴的右边，冲他使劲地喊，拼命地叫。

叫喊声招来了许多午休被打扰的人，他们拿着蒲扇边摇边来到树下，看到一个女孩和一个疯子不知道在搞什么鬼，便骂道："被鬼带了啊，再叫滚出去。"

冯琴一听，不好，拔腿跑了，跑着跑着又突然停下了，摇着梧桐的胳膊高兴地说："我的耳朵能听到了，我的耳朵能听到了。"

梧桐用放大镜烧过每一只她遇到的蚂蚁，烧过每一根秋天的枯草，但放大镜却突然不见了，丢了，于是梧桐着急地去烧过蚂蚁、枯草的地方寻找，没找到，从那以后，见到冯疯子就跑，就怕他突然伸手要放大镜。

上学了，梧桐逃不过去了，被冯老师当场叫起来，说："梧桐，你借东西不还哦。"

"冯疯子，我把放大镜丢了。"梧桐不知道是在课堂上。

"你叫我什么？"冯老师急道。

“哦，对，对，我应该叫你弟弟。”梧桐说。

冯老师脸都气歪了，但又不能拿她怎么样，因为他确实亲口叫过她姐姐，他只能强摁心头怒火，温和地跟她说：“以后要叫我老师。”

既然弟弟一下子变成了老师，梧桐就想着再去找找放大镜，有一个人当时也跟在她后头，想看看这小女孩在干什么，突然在地上发现一个放大镜，悄悄捡起来，趁梧桐没发现跑了，将它放在了小卖部里，直到陆禄花钱将它买下来，送还给梧桐。

冯琴愈发后悔与陆禄赛水，不仅让他差点失聪，还让他的歌声突然沙哑了，不，应该说他的嗓子被河水污染了，赛完水后，喉咙总是不舒服，干咳着，好像嗓子里有东西，但又咳不出来，但他却没去抓药看病，而是迷信上了，以为是自己对先人不敬，遭到报应了。可是又没有钱让他当一个孝子，只能在路上没人的时候偷偷上山，将父母的骸骨拢到一块，刨了个坑埋着，然后插上三炷香，放上几碟青菜豆腐。

做完这件事后，他在下山的路上想起贺喜捕的开河鱼有润喉清肺的功能，就硬着头皮去找他，因为毕竟这两人有嫌隙，突然登门可能会吃闭门羹，所以他事先去小卖部里买了点水果，提着来到了贺喜家门口，犹豫再三，还是不敢进去。

屋里很热闹，都是来买鱼吃的人，有这些人在，冯琴直接进去，面子问题又不知如何解决，因为所有人都知道贺喜对每一个人都很好，独独恨冯疯子，恨他的原因不全是他不孝顺，而是冯疯子抢了他音乐老师的饭碗。按理说，贺喜才是音乐老师，冯琴才应该出河捞鱼，就因为冯琴唱的比说的好听，这才让说的比唱的好听的贺喜跟音乐老师一职失之交臂。

从那以后，贺喜就把家里所有的乐器都锁了起来，渐渐让那些渔具占据了屋里的每个角落。多少次出河的时候，想起这件事，贺喜就恨得牙痒痒。冯琴知道此时去找他买鱼，有点伸出脸给人打的意思，但为了自己的喉咙，他必须要买一条开河鱼治治嗓子，都说开河鱼佐以青葱煮汤，有活血化瘀的作用，对嗓子更是有百般功效。

贺喜在屋里有说有笑，只要没见到冯琴，他就是个快乐的渔夫，只要一见到冯疯子，他立马就会想起自己那壮志未酬的音乐事业。因此，不到万不得已的时候，他一般不会去见，这次是冯琴来找他，以后他也会找冯琴，让他出修祠堂的份子钱。冯琴站在门外，没有踏进去，将客人送到门口的贺喜刚好看到了他，二话不说就掩门谢客。

有一个人提着鱼，跟贺喜说："乡里乡亲的，可能他也来买鱼，看在钱的面子上，也得见一见。"

贺喜想了半天，打开了门，冷冷地问道："什么事？"

冯琴像做错事的孩子，为难地说：“我，我要买条开河鱼。”

“开河鱼早卖完了。”贺喜看到他手里提的水果，再看看他局促不安的表情，有些不落忍，就缓和了口气告诉他，“不过，其他鱼也能治嗓子。”

冯琴眼睛一亮，看贺喜进了厨房，手提袋子出来，袋子里有一条活蹦乱跳的鱼。贺喜将鱼塞到冯琴手中，拒绝了他的鱼钱，又从菜地里扯来一把青葱放到袋子上，说：“鱼起锅了再放葱。”

冯琴高高兴兴地回家了，洗锅杀鱼，最后在鱼汤上撒了一层切碎的青葱，看上去一清二白，然后将鱼汤端到屋檐下，用调羹舀起一匙，一边吹气，一边伸嘴，烫且快活着。

虽然最后鱼汤并没有马上让他的嗓子好利索，但贺喜的那份恩情他一直记在心里，好几次都想找个机会报答他，但看看家里有的贺喜都有，家里没有的贺喜也有，贺喜什么都不缺，就想着让他代替自己教音乐，可贺喜却表示，打了这么多年鱼早就跟鱼熟了，跟歌生了，现在让他去教唱歌，就好比让老太婆啃骨头，会被人笑死。几番推让下来，冯琴才发现贺喜真不是在客气，而是真的不想当所谓的老师，这才让冯琴断了这个念头。

好在机会来得很快，修建祠堂那天冯琴本来很不满，但一听说是贺喜牵头的，就很配合了。而且祠堂修建中贺喜还亲自来找了他一趟，意思是如果可以，让他也出几百块份子钱，如果有困难，他可以暂时替他补上。

“不过一定不能拒绝，因为所有捐赠人的名字都是要刻碑留名的。”贺喜说，“这是一件流芳百世的好事。”

在这话面前，冯琴哪还敢再推脱，而是走进房间，从最下面一层的抽屉里拿出一块布，这块布四四方方，打开后是一扎四四方方的百元大钞，全都是崭新的，拿起来用手指一弹，那种清脆的声音格外悦耳，钱的声音是世界上最动听的音乐，但纵有再多不舍，冯琴还是得有所表示，他望着这扎钱出神，抽出三张准备出去，但最后将整扎都拿上了。

当贺喜看到桌上这目测有一万元之多的巨款时，有些坐不住了，站起来说：“太多了，太多了。”

“不多，不多，这里除了修祠堂的钱，更多的是为我这些年来的不懂事买单。”冯琴说。

“哪的话，哪的话。”贺喜从中抽了五张，把其余的放回桌上，笑着告诉冯琴，“有这五张就够了，而且你的名字会出现在前面。”

功德碑上的名字按捐款多寡依次排列，冯琴的名字除了在学生的作业本上出现过，还是第一次出现在一块石头上，而且还不是墓碑，因为墓碑上的名字是人死后才能写上的，而功德碑上的名字都是一个个活生生的人。所以，那天当功德碑立起来的时候，除了语文老师马先风——因为他的名字好久没出现在公开场合了，最开心的就数冯琴了。

所有捐款人都去碑上找自己的名字，贺喜让人刻碑的时候，要求把前面的名字刻大一点，把后面的名字刻小一点，所以这块刻满了名字的石碑就有点像视力表了，测验出了许多人的视力其实都有问题，尤其那些目不识丁者，甚至要将脑袋凑过去才能找到自己的名字，找到后用普通话又念不出，只能用客家话念出声。这么一来，这些本来正儿八经的人名，就一个个都变成了“金蛋（旦）生、贺鼠（书）传、陆水粥（洲）”了。

真是把人们大牙都给笑掉了。

马先风对自己的名次很满意，不前不后，正好位于正中间，可以一目了然的同时也能敛起锋芒，倒是冯琴的名字排在很前面，招致了许多没有必要的闲言碎语。贺喜为了让他们闭嘴，拿出那张捐款人名单，指着冯琴的名字说道：“睁开你们的狗眼看看，他有没有捐?”

人们看到这个名字旁边写的真是五百元人民币，顿时闭上了嘴，不过还是有不满者，这些人认为这个金额有水分，可能没捐那么多，却故意写那么多，又或者是贺喜这个散财童子垫上的。

散财童子这四个字其实是贬义词，一般多用于形容赌桌上那些输得精光的人，意指将钱都散出去了，真像散财童子，含有嘲讽挖苦之意，此时用于没赌博的贺喜身上，其用意就更加令人深思了。

贺喜也不是个傻子，当然知道这些人什么意思，于是就指着这些人的鼻子骂道："要不要将祠堂给拆了，把砖钱、瓦片钱，还有其他物料的钱都给算出来，看看他捐没捐？而且就算是我垫的，又关你们屁事，老子愿意帮他出钱怎么了？再说这本就是他自己出的钱。"

这话一出口，人群就彻底没声了。人们这才相信铁公鸡冯琴真的变了，变大方了，一个个都用热情的眼神去看他，但却被一个女人的举动给吸引了过去，于是他们又把放到冯琴脸上的视线转移到这个女人身上。

这个女人就是金银的老婆，她是真没有出钱，名字却在碑上的人。此时她撅着屁股手里拿着一个放大镜在碑上寻找自己的名字，她从最底下开始找起，发现没有，又从中间开始找起，还是没有，就有些急了，最后终于在冯琴的名字后头找到了自己的名字：林双喜。

找到后她就乐了，说："这真是一件造福后代的大善事。"然后挺着大肚子慢慢地、慢慢地挤出了人群，回到家没几天，一声嘹亮的啼哭就在夜空响起，马先风看着这个婴儿，高兴地说道："中年喜得入胎乘象，真是人生一大快事。"

林双喜走后，人群里突然传出了歌声。人们转身去看，发现是音乐老师冯琴又发疯了，正抚碑而歌，歌曰："……流年一掷梭。"

只见他光着脚，光着胸膛，一边拍打着石碑，一边唱着歌，歌声辽阔悠远，但没有人知道他在唱什么，更没有人知道他为什么唱歌，只知道他是带着一脸喜悦把歌唱。歌声从唇齿间飞出来，飞到了无忧河，飞到了大顶峰，飞到了小顶峰，让栖息在竹叶梢头的白鸽也晃着脑袋，旋转着身子回应这久违的歌声。

那天夜里突然出现的啼哭，被陆禄当成了从冯疯子嘴里发出的声音，不过只有梧桐知道，自祠堂修建完毕后，音乐老师冯琴就变得正常了，变得更像一个老师了。至于谁在夜里哭泣，一定还有别的原因，从哭声的频率来看，是喜庆的哭声，是欢乐的哭声，与伤心的哭声完全不同。

“一定是谁家胎儿下生了。”梧桐说。

第九章 鸣蝉

怀孕后，一般来说，都会去一趟县医院，检查胎儿健不健康，但许多孕妇得知胎儿是女性后，就不管健不健康，死活都要堕胎，重生一个男孩。有的因为胎儿已成人形，打胎有危险，就去做引产，好将肚子腾出来，不过不像歌里唱的那样“七分靠打拼，三分天注定”，能否怀上男孩实则“七分天注定，三分靠男人”。

很多老人不懂生男生女跟女性无关，而是跟男性有关，所以看到儿媳生了女儿，就黑脸黑面，没有一个好脸色，而儿媳因为生了女孩好像也自知理亏，除了用勤劳补过，一句怨言都不敢有，然而她们会将自己受的委屈转嫁到女儿身上，经常为一点小事就闹得鸡飞狗跳，操着烧火棍就把打碎碗筷的女儿追得喘不出一口气。

这种情形在贺喜家尤为常见，不过好在春姑的婆婆贺喜的母亲早死了，春姑已经提前熬成婆了，家里很多事情只要经过贺喜点头都可以由自己做主，但贺喜点头的事可不包括虐待女儿凤凰。与其他人不一样，贺喜更加喜欢女儿，每次都会亲自给她洗脸、洗衣服，而春姑就不一样了，明明她自己也是女人，就非得为难女人，按理说她也没受过婆婆多少虐待，但只要一见到凤凰，气就不打一处来，好像她不是凤凰的母亲，而是凤凰的婆婆一样。

春姑只敢背着贺喜骂凤凰，骂完还掐着她的脸威胁她："别跟你爸说，不然把你送人。"

凤凰脸上都是泪，泪水哭花了妆，让贺喜一看，以为那臭婆娘出手太狠了，竟把女儿往死里打："你看看都打成啥样了？脸都打肿了。"

"你看清楚，这是肿吗？这是老娘的腮红。"春姑气坏了。

贺喜用手一蹭，发现真是腮红，就有些不知所措了，在心里直怪女儿小题大做。

"这是你最喜欢舔的腮红，这么快就忘了？"春姑说。

本来贺喜就有点里外不是人了，春姑又把这种事说出来，更是让他想遁地逃走，凤凰也不哭了，而是将脸擦干净，睁着眼睛好奇地问父亲："爸爸，腮红好吃吗？"

只有贺喜和春姑两人在的话，贺喜当然会说腮红是世界上最好吃的玩意儿，后来贺喜的这个怪癖不知道怎么就传到了别人耳朵里，这些人摸着脑袋前去问马先风："你说贺喜是不是有病，竟然吃女人的粉。"

马先风告诉他们："贺喜不但没病，还很有学问。"

这些人更疑惑了："他也算有学问？"

马先风说："当然啊，他这是在效仿贾宝玉。"

这些人不知道谁是贾宝玉，也不想弄清谁是贾宝玉，马先风给他们支着儿，既然贺喜如此喜欢吃腮红，你们可以去买一大堆这种东西，包管你们能买到开河鱼。

这话就厉害了，他们屁颠屁颠地去县里买了几十种廉价的胭脂俗粉，囤在家里，就等打开河鱼那天送给贺喜，到时贺喜肯定喜滋滋地将开河鱼赠给出了最多脂粉的人。不过还没等到开春，他们囤的脂粉就被家里的婆娘发现了，这些婆娘其他事都可以听老公的，唯独这件事没得商量，于是她们揪着这些负心汉的耳朵，让他们从实招来，这些东西是买给哪个狐狸精的。

他们只能将真相如实告诉她们，但一点用都没有，这些娘们哪会相信几个大老爷们儿买胭脂原来是送给另一个大老爷们儿，就把他们打骂一路，来到贺喜家，刚好见到那个每天把脸抹得跟什么似的春姑。

"你说，是不是给她买的胭脂？"有婆娘骂道。

“老天做证，真是买给贺喜的。”有人答道。

春姑扭着腰走过去，嘴里说道：“哟，我瞧这是谁呢？原来是金家的、陆家的、贺家的，你们来有什么事？”

金旦生的老婆使了个眼色，陆水洲的老婆和贺书传的老婆连忙将那些脂粉丢到春姑面前，春姑随意扫了一眼，就看出这些都是便宜货，发出一声轻蔑的笑声，就要把门关上。但金旦生的老婆却用那双大脚挡住了门，质问道：“这些是不是买给你的？”

“谁买给我的？”春姑疑惑了。

金旦生的老婆把金旦生揪过来，春姑一看，笑得花枝乱颤，然后强行将笑声咽回去，把笑容换成一张怒容，道：“简直是笑话，也不看看你男人是什么货色，也就你把他当个宝，其他人都把他当个软蛋，还金旦生呢，我看软蛋生才差不多。”

虽然痛恨老公外头有女人，但如果有别人瞧不起自己的老公，金旦生的老婆就会立马护起丈夫，叉着腰回骂道：“你家男人也好不到哪儿去，还没到五十，就变成了秃子、驼子，早就无法让你这娘们儿舒服了吧，所以你这狐狸精才会去外面偷腥。”

接下来的话就更加不堪入耳了，要不是陆水洲和贺书传的老婆一人抱住一个，说不定两个娘们儿已经在互相拽头发、撕衣服、咬大腿了。最后直到贺喜回来才消弭了这场纷争，而且也问清楚了，这些脂粉确实是买来准备送给他的，贺喜让这几个人的老婆以后遇到事要学会冷静，别动不动就使出泼妇那一套。

“至于这些脂粉，还是拿回去吧，我一个大老爷们儿怎会吃这种东西?”贺喜最后说道。

这些人将脂粉拿回家，倒便宜了自己的婆娘，只见她们也抹上了腮红，涂上了口红，每天还动不动就经过贺喜家门口，好像不跟里头的春姑比上一回，晚上睡觉都会不安乐似的。

贺喜在被窝里跟春姑说：“我是不喜欢吃别人用过的脂粉，只有你身上的我才喜欢吃。”

贺喜跟女儿凤凰说：“别听你妈妈胡说，爸爸怎么会吃腮红?”

春姑一看，这才没过几天，贺喜就不认账了，撸起袖子就要跟他论上一论，贺喜见春姑误会了，不断使眼色，无奈这婆娘脑子就是缺一根筋，在女儿面前当然要说没吃过，这不是认不认账的事儿，而是哪些话该对女儿说，哪些话该瞒女儿，贺喜心里都有一杆秤，不像春姑这人，这么大把年纪了，说话做事从来就不分场合，为此得罪的人比河里的鱼还多，要不是他每天给她擦屁股，看谁还会上家来买鱼。

于是贺喜就偷偷把春姑拉到一边，将其中的道理告诉她。春姑没听到其他话，只听到贺喜以后还会吃她脸上的腮红，这才把心放回肚里，抚着心口说：“吓死我了，吓死我了，以后让你吃多点。”

贺喜瞪了她一眼，春姑这才把嘴给闭上。

“以后别动不动就拿女儿出气，要是再被我发现一次，”贺喜将凤凰拉到春姑面前说，“以后就不吃你的腮红了。”

最后一句话是小声说的，春姑那张脸瞬间就像成熟的果子，熟透了。自那以后，春姑真的没怎么打骂凤凰了，但一不挨打骂，凤凰却感觉不习惯了，她不是贱骨头，非得骂一顿才舒服，而是不习惯在学校里被人忽视，本来放学回到家看到母亲那张脸，才会觉出一点生活的乐趣来，但春姑却已在学习如何当一个贤妻良母了，对女儿的关心反倒让凤凰觉得自己像上门做客的客人。

而那些用香味贿赂得来的同学，也不再跟凤凰玩了，他们不是跟梧桐玩，就是跟陆禄玩。梧桐跟陆禄每个人都有一个特长，梧桐是写作能力很好，陆禄是唱歌很好听，唯独凤凰自己，每一科的分数都很平均，不偏科就代表很平庸，没有出彩的方面，那些同学当然就不乐意跟她玩了。

起初他们还会被凤凰身上发出的香味吸引，不过自从知道她的香味是抹了粉后才有的，他们一下子就跟在梧桐屁股后面了，梧桐跟在陆禄屁股后头，陆禄回头一看，吓了一跳，说道：“我什么时候变成蜈蚣了。”他其实只想跟梧桐玩，不愿意跟其他人玩，就让跟在梧桐屁股后头的那些人去找凤凰，不要老跟在后面。

但这些人宁愿变成跟屁虫，也不愿去跟凤凰玩。凤凰一个人在学校里很寂寞，整天在教室里托着腮，看着窗外那些在梧桐和陆禄身边打转的牛皮糖。于是凤凰就把心事写在笔记本上，偷偷地写，没让一个人发现，不过就是想让人发现，那些人都不乐意去发现。换句话说，凤凰的心事不管是写在纸上，还是说出口，都没有人在意。

她把笔记本藏了起来，有时就想擎着贺喜的脖子，让他陪自己玩，但爸爸很忙，开春后，每天都要去打鱼。

“去找梧桐他们玩去。”贺喜说。

凤凰只好嘟着嘴来到梧桐家门口，但梧桐不在，去找陆禄，陆禄也不在，他们一定又偷偷去玩了，不带她。站着听了一会儿，听到空气里有歌声，歌声从音乐老师的屋里传出来，就去找音乐老师，透过窗户，发现冯老师只是一个人在唱歌，旁边没有陆禄。

上学的时候，音乐老师经常将陆禄单独留下来，凤凰也想留下来，但冯老师却说她留下来会让陆禄放不开，一放不开歌声就无法从喉咙里钻出来，所以就先让凤凰回去。凤凰没有回去，而是悄悄把脑袋趴在门边，去看里面唱歌的陆禄。

陆禄的歌声很动听，冯老师教得也很好。凤凰看着张开嘴的陆禄，看着一点都不顽皮的陆禄，不知什么原因，她就突然跑开了，跑回了家，刚好赶上还在路上的梧桐。梧桐一步一回头，就想看看陆禄在不在后面，梧桐以为陆禄又被留下来罚站了，因为数学老师和语文老师常这样做。

数学老师说："陆禄你留下来，把这道题做出来再走。"

语文老师说："陆禄你先别走，把这个生字抄一百遍。"

梧桐一看是凤凰，就有些失望，背着小书包继续往前走。凤凰很讨厌梧桐，平常都不跟她说话，虽然语文老师常把她和梧桐联系起来，马先风说："凤凰这个名字取得真好啊，但梧桐这个名字更好，梧桐是让凤凰居住的神树。"凭什么凤凰就一定要住在梧桐树上，凤凰有自己的家，她的家是最漂亮的，反观梧桐的家，要什么没什么，就连电视都还是黑白的。所以凤凰每次一听语文老师这么说，就不乐意了，站起来说："我才不住在梧桐家。"

马先风见凤凰理解错了，笑笑不说话，继续上课。马老师虽然同时夸了她们两人的名字，但谁都知道，他偏心眼，对梧桐好，对凤凰淡。凤凰心里也不平衡，就走到马先风面前，问他："为什么老师你先夸我的名字，却对梧桐最好。"马先风当时在批改作文，刚好看到梧桐那一篇，就把作文塞到凤凰手上。凤凰一看是梧桐的名字，而且还打了一个好高的分，就更生气了，把作文本一丢，说："有什么了不起的。"

凤凰刚开始确实觉得会写个作文没什么了不起，只要她花点时间学一学，保证比梧桐写得还好。那几天，她真的费了老大劲，照着语文老师的话，先出去观察了几天生活，春姑见女儿整天不着家，就在黄昏的路上去找，刚好遇到背着手往回走的凤凰。

春姑就过去问："你去哪儿了？"

凤凰回答："我去观察生活了。"

春姑一听就笑了，她上学时也常听这话，只要一听这句话，她就知道女儿没出去疯，而是有上进心了。

春姑说："凤凰辛苦了，妈妈给你做好吃的。"

吃完春姑做的晚饭后，凤凰就坐在了房间里，准备将观察了一天的生活写下来，她先从那条河开始下笔，发现那条河老讨厌了，没什么好写的；又准备去写小顶峰，发现那群鸽子只是飞啊飞，还拉了很多屎，也没什么好写的；接着想写大顶峰，但她爬了三分之一累坏了，就原路返回了，一座没爬完的山也没什么好写的；最后这一天的观察生活什么都没观察到，凤凰就在纸上重重地写上："不会写。"

语文老师阅后，就把凤凰留下来，告诉她以后不能只写这点字，不会写也要把格子写满。凤凰就不开心了，她上哪去凑这么多字数，从那以后就想了一个办法，把每天吃饭睡觉全给写下来，还把爸爸妈妈每天是吵了架还是和了好也统统写在了作文本上，这让马先风不用出门就知道贺喜家发生的一切大小事情。

凤凰知道梧桐在等陆禄，想了想，就有了主意，跑到梧桐面前，告诉她："小禄刚才是在跟我玩。"看到梧桐气走了，凤凰心里可开心了。但第二天上学，就有得凤凰哭了，陆禄走到凤凰面前，说：“我被留下来唱歌了，你为什么说是在跟你玩？谁要跟你一起玩。”说完话，陆禄坐回座位，看到梧桐在偷乐，说：“这回你相信了吧。”

“走，我们出去玩。”梧桐说。

但陆禄却说不成，因为音乐老师又要让他留下来，这次不是在教室里，而是要去外面，因为冯老师认为是时候让陆禄练练胆子了，陆禄跟音乐老师要求让梧桐旁听。冯老师想了想就同意了，凤凰听到后，也要留下来，但陆禄不让她留下来。于是凤凰就不情不愿地背起书包走出校门，边走边回头看，陆禄他们来到了那两棵桂花树下。

音乐老师让梧桐坐在一边，让陆禄站起来，然后就手把手教他发音的要诀，当时已经快到夏天了，桂花树上有很多蝉。这些蝉叫得很大声，经常盖过陆禄的歌声，陆禄就想着把蝉抓下来，但因为他要唱歌，腾不出手，就让梧桐去抓，可梧桐不会爬树，只能眼巴巴地望着趴在树干上的蝉振动着翅膀，拼命叫个不停。

为了让陆禄专心唱歌，冯琴在课堂上问：“谁有本事把蝉给捕了，就给谁发一张德、智、体、美、劳全面发展的奖状。”这种奖状说白了就是骗小孩的，比“三好学生”和“学习积极分子”的奖状含金量低多了，但从没得过奖状的凤凰心思却活了，她举手说她有办法捕蝉。

没有人会觉得她在说假话，因为她爸就是捕鱼高手，她作为贺喜的女儿，捕个蝉肯定手到擒来，于是音乐老师就让凤凰明天上学后把网带到学校。

放学后，凤凰问爸爸："怎么才能捕蝉？"

贺喜说："你不上学又想去玩？"

凤凰说："老师安排的。"

贺喜想了想，帮她弄来一根细竹竿，交到女儿手上，告诉她："你去捅蜘蛛网，等竹竿顶端缠满了蜘蛛网我就教你怎么捕蝉。"

凤凰举着竹竿，走遍了家家户户，把每一家每一户的蜘蛛网都给捅了下来，差点连燕子巢都给捅坏了，捅到最后，发现蜘蛛网还差老多，就想起了那座快塌了的围龙屋。因为只有没什么人住的地方，蜘蛛才会勤织网。

那个时候，围龙屋旁的祠堂还没维修，围龙屋里还住了那两个老人。那两个老人前几年见过县里的那两个文化人，这会儿看到凤凰举着一把竹竿走进来，就说道："又来捅屋顶啊。"

这话凤凰听不懂，不要说她听不懂，就连梧桐和陆禄也听不懂，但这句话对于大人却不啻一个晴天大霹雳。这还要追溯到十几年前，当时这座围龙屋里住满了人，每天都很热闹，上楼下楼的声音经常会震动屋顶的瓦片，这些声音都是小孩子发出来的，因为只有小孩子才敢在木梯上跑上跑下，不怕摔倒，他们跑到楼上后，就使劲地跳，疯狂地叫，经常吓楼下的人一跳，于是就拿着一根棍子上楼把小孩子们赶下来，这群小孩就大笑着跑下楼，来到天井里，从井里压出水，身上全湿了，就回家找妈妈，但妈妈不在家，爸爸也不在家。

这些小孩听到大门口有声音，就跑过去看，身上的井水滴了一路，看到几个县里的人拿着竹竿走过来，问他们：“哪家是金旦生的家?”有一个小孩用手一指，这些人走到金旦生家门口，来到二楼，举起竹竿就照着屋顶捅，不一会儿，屋顶就被捅了一个大窟窿，有一个小孩生气地跑上楼，问：“为什么捅我家的屋顶?”

“因为你爸妈还要生一个小孩。”有人说。

“我爸妈生小孩你们捅我家屋顶干吗?”小孩还很生气。

这些人没跟他再废话，而是继续捅，等把属于金旦生的那个屋顶捅得差不多了，就下楼去抓他家猪圈的猪。那是一只老母猪，刚下了十几个崽，由于主人不在，母猪就把胎盘给吃了，本来这个胎盘是属于主人的，女主人会在每一次老母猪生小猪崽的时候，将胎盘洗净，切碎了就葱蒜爆炒，说是味道比猪肚还好，但因为其他人都不敢吃，所以就不知道对方说的话是真还是假。

这些人抓老母猪的时候，金旦生和老婆其实就在不远的地方，他们躲在祠堂那间放棺材的房间里，里面摆了好几口棺材，都是许多老人事先给自己预备的，但随着火葬政策的推行，这些老人终究是没用上这些棺材，而是变成了一撮灰，放进罐子里，埋在坟墓里。

金旦生和老婆共用一口棺材，棺材板没有完全盖紧，留了一条缝，他们可以听到外面的声音。

当金旦生听到他们在捅屋顶的时候，急了，就想出去，被老婆死死抱住了，这口棺材很大，可以容纳两个人，由于金旦生个子矮小，所以他与老婆肚里那个未出生的二胎就算一个人，而老婆也算一个人，所以这两个人刚好可以并排躺在棺材里。老婆死死地将他抱住后，金旦生由于害怕压坏肚里的孩子，就忍下了这口气。

当那些人去抓母猪的时候，换金旦生的老婆急了，那头母猪是她的心头肉，而且那个胎盘刚好可以给自己补充产后的营养。金旦生让她别生气，以免动了胎气，老婆看在胎儿的份上，也将这口气咽了下去。

那些人将母猪拖到了车上，看到那个祠堂，也想把属于金旦生的那一部分给捅了，但被另一个人拦住了，这人说：“毁人祠堂等于掘人祖坟，还是算了吧。”金旦生的儿子见家被毁了，猪被抓了，就哭着去找父母。

有一个老人将他带到祠堂的棺材房，用手指了指其中一口棺材，小孩走了过去，透过缝隙看到了躺在棺材里的父母，哭得更伤心了，以为父母死了。

金旦生赶紧推开棺材盖，问儿子：“人走没？”

儿子一看到父亲还活着，一边擦鼻涕，一边笑，说人已经走了。但他的父母虽然已经从棺材里出来了，却没离开祠堂，他们不敢回家，就怕那些人突然杀个回马枪，从那以后，一日三餐都让儿子送，直到二胎呱呱坠地。

那两个老人见凤凰只是来捅蜘蛛网，就放心了，笑着说：“现在可没有棺材让你藏起来了。”凤凰以为这两个老人在说胡话，就没搭理他们，而是仰着头仔细寻找每一个角落，终于看到一个簸箕一样大的蜘蛛网，发现够不到，看到那两个老人坐的凳子，就不客气地让他们站起来，然后将两张凳子叠在一块，晃晃悠悠地扶着墙站上去，接着小心地举起手上的竹竿，去捅蜘蛛网，不小心将一块瓦片给捅了下来，这块瓦片正中凤凰的额头，离眼睛只差一厘米的距离。

凤凰捂着额头又差点摔倒，好在其中一个老人及时扶住了她。凤凰开始不觉得疼痛，从凳子上下来，在额头摸到一手血后，才疼痛难忍，血弄湿了头发，她不敢将头发撩开，而是捂着额头走出这个破屋子。捂住了额头，就等于遮住了一只眼睛，凤凰用一只眼睛找到了回家的路，来到了贺喜面前。

贺喜以为女儿的眼睛进沙子了，就想帮她吹吹，拿起凤凰的那只手一看，吓了一跳，只见她的额头被割了一道很深的口子，就像一张涂着口红的大嘴巴，贺喜赶紧让村里的赤脚医生给她上药。好了以后，香凤凰额头就留了一个疤，她变得愈发不爱说话了，不仅留了长发遮住疤痕，还扑了很重的粉盖住疤痕，总而言之，凤凰不是之前的凤凰了。

凤凰受伤了，但没有忘记音乐老师的话，第二天还是拿着那根竹竿去上学，额头上有一个老大的纱布，同学看见了，就过去问："凤凰，凤凰，你是不是被人丢了石子?"

凤凰没想到受了伤，这些平常对自己爱搭不理的同学都主动找她说话了，感到很开心，要再过一段时间，等凤凰真正有了爱美意识后，不管还有没有人找她玩，她都不会介怀了，她整天缠着贺喜让他带她去大医院把疤痕给消了。凤凰举着长长的竹竿来到冯老师面前，冯琴关切地问她的额头怎么回事。

"摔的。"凤凰轻描淡写地答道。

冯琴也没当回事，而是拿着竹竿找来陆禄。陆禄站在桂花树底下，旁边是梧桐和凤凰，梧桐手里握着那根竹竿，凤凰手里什么都没有，像个看热闹的。梧桐踮起脚尖去粘蝉，粘到了低处的，却粘不到高处的，这时就显出了凤凰的作用，凤凰个头比梧桐高，她抢过竹竿，粘到了高处的蝉。

最后两人粘的蝉加起来有十几只，这些蝉看上去比梧桐的奶奶还老，有几只蝉的翼破了洞，就像被雨水戳穿的蛛网，梧桐用手抓起一只，问音乐老师：“这些知了怎么处理？”

冯琴说：“你们可以烤着吃。”

陆禄一听，从兜里摸出一个打火机，音乐老师看见了，喝道：“你站好，唱歌，这没你的事。”然后抢过陆禄手上的打火机，看到梧桐已经将这些知了串起来了，就将打火机拿给梧桐。梧桐用火烤了几遍，先吃了几只，见凤凰一口都没动，就感到奇怪：“凤凰，凤凰，你不吃吗？不吃我可都吃了。”

凤凰说她不吃，梧桐就把凤凰的全给吃了，不过在兜里留了几只。等陆禄唱完歌后，梧桐跟他一起走在放学的路上，经过无忧河的时候，从兜里摸出那几只知了，放到陆禄的手里。

梧桐说：“我早给你留了，看你唱歌的时候一直在吞口水。”

陆禄说：“我哪有，我那是在练声带呢。”

梧桐等陆禄吃完了，就会问他好不好吃，陆禄就会回答她梧桐烤的哪会不好吃，梧桐又会说凤凰粘的知了更多，而且还是用她的竹竿粘的。但陆禄会回答她，可知了是梧桐烤的啊。

“就跟去县里买别人的菜，最后做的是自己的饭一个道理。”陆禄说。

不过梧桐好像还是不怎么开心，粗心的陆禄都发现了，可见梧桐有多不开心了。陆禄让她别想这么多，凤凰哪比得过梧桐。梧桐不仅长得美，字也写得好。

“如果我不会写字，小禄你还会不会跟我玩?”梧桐问。

“会，会。”陆禄回。

“其实我不开心是因为凤凰受伤了。”梧桐说。

梧桐已经察觉到凤凰可能是因为去捅蜘蛛网受的伤，是为陆禄受的伤，这让她的心里很过意不去，梧桐这个时候还不知道额头留疤对一个女孩子来说意味着什么，只明白原来凤凰对陆禄这么好，比她对陆禄还好。她也不是心里不平衡，只是想起自己之前的行为，就有些后悔。她不该不让凤凰跟她一起玩，更不该不让陆禄跟凤凰一起玩。所以梧桐就跟陆禄说，以后带凤凰一起玩。

陆禄有些为难，但看在梧桐的面子上，还是答应了。为了表示与凤凰成了好朋友，梧桐一大早就跟陆禄一起去凤凰家，这两个小孩，一个手里提着好吃的，一个手里拿着那个放大镜。走到凤凰家门前，没有看到她，她家里没有人，敲门也没人应。

就在梧桐与陆禄走回头路时，看到凤凰出现了。凤凰一看到陆禄来找自己很开心，但一看到陆禄旁边的梧桐，又不开心了，所以她脸上既不是开心又不是不开心，反正就不冷不热地面对着这两个头次登门的同学。梧桐发现凤凰的头发长长了，那个刘海都快遮住眼睛了，就热情地跑过去，说：“凤凰，你的头发好长啊，不过把刘海掀起来会更好看。”

本来有刘海遮挡，凤凰已经忘了额头有疤的事，现在经梧桐一提，就好像看到了自己的丑样子，瞬间生气了，一句话没说就躲进了房间里。她拿起镜子，去照自己的脸，看到自己的眼睛还是大大的，鼻子还是高高的，嘴巴还是小小的，一切都是最好的样子。然后她就慢慢地掀开刘海，看到那个像小蜈蚣一样的疤痕，让美丽的眼睛、漂亮的鼻子、小巧的嘴巴登时就失色了。

她生气地把全部头发都垂下来，但头发太长了，又遮住了眼睛、鼻子、嘴巴，让她变得像女鬼一样吓人，所以她又把头发扎起来，只留刘海，看到刘海很薄，又拿起一把剪刀，拨下一绺头发，狠心地剪掉了，这才让刘海厚了不少。

然而她还是不满足，去春姑房间翻箱倒柜，找出春姑藏起来的粉，扑在额头上，去盖那条疤，不过额头变白了，脸却有点黑，又用粉将整张脸都给涂匀。看到自己变了个样子，凤凰才没那么生气了，出门去找陆禄，但陆禄与梧桐已经走了，他们在凤凰躲进房里后，就手拉手离开了，不知道去了哪。

凤凰没找到陆禄，却被春姑看见了，春姑看到她的脸就明白了怎么回事，终究还是没忍住，又继续骂上了。

春姑跟那些小娘子在一起玩的时候，都会被她们问一个问题，问她为什么不多要一胎。只要没见到凤凰，没见到这个整天让自己不省心的女儿，春姑就不会想再生一胎，但一看到女儿，就真想多要一胎了。

这个时候生二胎，不像十几年前，需要偷偷地怀孕，悄悄地生，上户口也不需要等到二胎四五岁了，已经生米煮成熟饭了，不敢拿她怎么样了，才敢去上。现在已经放开了二胎政策，村里那些墙壁上的标语也由“只生一个好”，变成了“多生几胎，幸福一生”。按理说，人们除了热衷赚钱，对这种天赋人权的事都上赶着，不过奇怪的是，一旦允许多生了，人们却不愿意生了。

其实想想也对，以前生个小孩，随便怎么养都能长大，现在可就讲究了，骂不得，说不得，每天还得拿好话哄着，就怕哪里没做对，让孩子心里留下阴影，从而长大后离家一去不复返，还美其名曰：离开了原生家庭，投奔了新生活。现在生小孩会事先计算养大一个小孩需要多少钱，当发现没了这些钱将会极大地影响生活质量后，人们就不愿意再生了。都说养儿防老，但都不及兜里有钱，于是那个象征儿孙平安的祠堂以及证明儿孙孝顺的坟墓，就这样慢慢地退出了历史舞台。

这些观点都是回乡过年的年轻人带回来的，他们钱赚得不多，但新词却一套一套的，让这些最远只到过县城的乡巴佬听得一愣一愣的，不过他们毕竟扎了很深的根，不管怎么说，都比蒲公英似的年轻人拿得稳，立得住，所以他们就会告诉年轻人：“你知道现在村里专生女孩了吗？”

对村庄的印象还停留在幼时的年轻人一听，就奇怪上了，问：

“现在都重女轻男了吗?”这个问题严格说起来算问对了，不过绝不只是表面看上去这么简单，而是要和结婚联系起来。

村里还有八十个没讨老婆的光棍，不算那些四十岁的老男人，就是二十到三十岁左右的年轻人，也还有七十多个没结婚的。没结婚的原因一方面是以前的计划生育政策导致只生男，不生女，或者少生女，使这一代到了适婚年龄，女人就变得奇缺起来，从而让讨老婆的成本水涨船高；另一方面是那些女人也是新一代的女性，都出去见过了世面，当然不愿意在本地找。就这样，两种原因相互作用，相互影响，就让村里的光棍越来越多了，以至于不管年纪多大、是否还有小孩的离异妇女都成了抢手货。

待女人怀孕时，村里人确实也还会去县医院查查婴儿性别，不过和几十年前反过来了，那时是留男不留女，现在是留女不留男。就像只生了男孩愁讨儿媳妇的老人说的那样：“真羡慕生了闺女的，媒婆都踏坏门槛了，生了男孩连鬼都不登门。”

现在有了个女儿，春姑看到行情变了，就不想多要一胎了，虽然时不时地生出再要一胎的打算，可都与这些现象没关系，纯粹就是看凤凰不顺眼，如果生一个听话的孩子或许会把日子过得更加红火。不过因为贺喜一直没松口，所以春姑真的只是想想而已。

这种情况的头一个幸运儿要数林双喜，她在老公金银死后，最担心的不是如何抚养还未出生的孩子，而是自己还这么年轻，一个人过一辈子未免有些孤独，但再找一个男人结婚，又怕被嫌弃，没想到最后由贺喜做媒，将她成功许配给了语文老师马先风。

就这样，马先风双喜临门，娶了老婆的同时还意外收获了一个儿子。这件事早些年还是一种笑谈，现在却变成了一种美谈，几乎所有人都发自肺腑地恭喜这个到了不惑之年的语文老师。很多年轻小伙见马先风捷足先登，都在懊恼不已。

第十章 梦蝶

春雷一发声，万物同时响应。先是夜空里传来嘹亮的哭声，接着是春雷轰隆隆地响，关在鸡圈里的陆禄和蹲在鸡圈外的梧桐被吓得心惊肉跳。

梧桐没想到还未到四五月份，雷就已经在天上敲锣打鼓了，她很害怕一道道能将天空劈开的闪电将自己给劈了，更害怕紧随而至的雷声震碎耳膜，她吓得用双手捂住了耳朵。

一般到这个时候，如果在家里的话，梧桐都会事先关好门窗，盖好被子，等雷声停止后，才敢慢慢地从床上下来，打开门窗，一股清新的空气迎面扑来，看到山上有棵树挨雷劈了，再看田野都灌满了水，一切都是朗润的模样，不消说澄明的天空，不去说汹涌的河流，单单说鸟儿。鸽子翱翔在空中，鸽羽好像被春雨清洗过，白得发亮，白得耀眼，在天边留下一条条优美的弧线，旋即飞进竹林中，站在竹梢上，蓄在竹叶上的雨水就这样落在地上，落在已经冒尖的春笋上。

打完雷、落完雨的村庄会加强纵深感，总让梧桐觉得天更高了，山更远了，就连小路都好像变长了，走在路上平时五分钟能到的学校，也要多花半小时了。她不是被草叶上一滴晶莹的雨水吸引，就是踮起脚尖去瞅一瞅小树上出现的一只尺蠖。

这是一只褐色的尺蠖，在树上做着一屈一伸的动作，就像一座移动的拱桥。梧桐发现这种虫子非常好玩，拱出的每一步几乎都一样长，简直比尺子还精准，所以梧桐就伸手把尺蠖抓下来，也不怕被咬，然后放到地上，让它帮自己丈量剩下的路程。

她已经大致估算过，尺蠖走出的每一步大概三厘米，因此她只要去数尺蠖走到学校共走了几步，就能算出家离学校大概有多远。虽然她数学成绩不好，不过这么简单的算术还是难不倒她的，而且这种虫子一根筋，永远朝前，不会往后，也不会向左和偏右，是一个一心向前的傻瓜。

但尺蠖还没走几步，梧桐就发现了问题，她发觉自己迈出的一步尺蠖需要走三十步才能赶上，也就是说梧桐的一步有三十厘米长。而且梧桐每走一步都要停下来等它，等这个永远沉得住气的臭虫子。既然如此，梧桐觉得还不如用自己的脚步丈量呢，不过因为她的每一步不都是三十厘米，有的可能只有二十厘米，有的甚至有四十厘米，即是说，梧桐的步子不是固定的，全凭她开心还是不开心，开心的时候步子就大一点，不开心的时候步子就小一点，这种情况怎么能算清家和学校之间的距离。

大顶峰她都能爬上去，现在却连这件简单的事都做不到，她忍不住想哭。但看到脚边这只还在不紧不慢走路的尺蠖，她又不哭了。于是她只好耐心地与它一起走路，仔细地去数它走了多少步。

好在路上没有人，刚下过雨的村庄，纵使整个村庄都被春雨清洗过一遍，树叶在发亮，草木在生长，但人们还是喜欢躲在家里，将时间浪费在牌桌上，唠嗑中。对他们来说，他们最常见的就是雨过天晴，最讨厌的也是雨过天晴，如果天上还有一架彩虹，就更加讨厌了，因为讨厌就禁止小孩去看、去指。如果有小孩不听话，就会吓唬他们指了彩虹会驼背，会像尺蠖一样驼背，有的小孩还没见过这种虫子，这些可恶的大人就用贺喜打比方。

“指了彩虹就会跟贺喜一样驼背。”他们说。

小孩对贺喜可熟悉极了，每次看到他的驼背都想上前问他背上驮了什么，原来是背了一架彩虹啊。从那以后，不管这些小孩对彩虹多热爱，都不敢争相出去看，而彩虹也因为没了欣赏自己的观众，渐渐不爱出来表演了，要是真碍于情面推不过去，也不像以往那样卖力气，而是像一只无精打采的孔雀，随意开一下屏就走了。

不过还是有一个小孩光临的，那就是梧桐。梧桐的奶奶最可恶，每次雨一停，就扯开大嗓门喊梧桐回来，正与陆禄在河边玩的梧桐就会听到奶奶的声音在耳边响起，她立马像黑白电视机按钮那样弹起来，却没看到奶奶的身影，然而奶奶的声音就像用了喇叭一样，还在不断地敲击着她的耳膜，于是她只好回去。回到家又被奶奶说："别去指彩虹，驼背了看以后谁娶你?"

梧桐对这话将信将疑，因为奶奶的话说晚了，她已经提前指了彩虹，此时被奶奶这么一说，心里就有点害怕，饭也吃不下，觉也睡不着，还时不时地用手去摸后背，摸到有些凸的脊梁骨，以为背真驼了，吓死了，跑着去找陆禄，让他帮忙看看是不是驼了。

陆禄掀起梧桐的衣服，摸了老半天，没摸出什么异样，又让梧桐去摸他的脊梁骨，梧桐发现陆禄的脊梁骨更凸，而且陆禄并没有指彩虹，所以这是正常现象，一切都是奶奶这个老太婆在使坏。为了彻底放心，梧桐这个小丫头哪壶不开提哪壶，竟然去找贺喜，大老远就喊："贺伯伯，贺伯伯，你驼背是因为指了彩虹吗?"

贺喜听见了，别人也听见了，别人都去瞧贺喜的脸，看他怎么收拾这个疯丫头，但贺喜却还是一脸笑意，他并不介意梧桐叫他驼子，不过要是其他人也这么叫，贺喜就会用拳头让他们长记性。其他人就感到很奇怪，他与梧桐非亲非故，为什么有时待她比待自己的女儿凤凰还好。贺喜一听，就愣了，随便打了个哈哈就掩饰过去了。倒是梧桐本人，也对这个问题很好奇，拽着正在打牌的贺喜的衣袖，问："贺伯伯，你为什么对我这么好啊?"

贺喜说："梧桐乖，去玩吧。"

梧桐说："贺伯伯，以后我叫你贺爸爸好不好?"

其他人忙转头去看贺喜，没想到贺喜既没说好，也没说不好，梧桐见他不回答，有些生气地走了。

走到外面，天上的彩虹还是没消失，它在等待这个小女孩回来。梧桐再次见到彩虹，就赌气上了，又用手去指，而且两只手一起指，就像去戳别人的脊梁骨一样。而彩虹非但不生气，还更艳了，就像电视里最臭美的女明星那样，因为有人欣赏，就尽情展示自己的美貌。

以后的日子里，梧桐判断雨下没下完的方法很简单，那就是去看天边的彩虹，只要彩虹一出来，雨真的就不会再下了。她让尺蠖去量马路时，头上也有一条彩虹，不，其实是有两条彩虹，一条是天上真正的彩虹，一条是地上走起路来身子像彩虹一样的尺蠖。因为路面没什么人，所以梧桐可以尽情做自己，尺蠖已经走了快一米了，离学校还要好久，看它这么慢，梧桐就想扔下它自己先去学校。

不过学校还没开学，梧桐进不去，而且如果现在回家的话也会被奶奶说，奶奶见她又不着家，就会问她又去哪疯了。她有时候挺不愿意搭理奶奶，奶奶老是问东问西，自己出去玩一下，就会挨骂：“家里有鬼啊，一刻都待不住。”家里没有鬼，有一个啰唆的老太婆。

奶奶是个很会走路的人，说她很会走路不是说她愿意走路，而是会晕车。有时搭别人的车去镇里，只是半小时的车程，就晕得不行，把好心人的车吐得哪都是。所以奶奶就改走路回去，把坐车只需半小时的路程，生生走出了起码有三个小时，丝毫不担心家里正在挨饿的孙女怎么样了。

奶奶走几步就会歇一歇，一边歇一边走，不知道的人还以为路难走，其实路刚修过，非常好走，要是换一个年轻人去走，最多一个小时就到家了，但遇到这个老太婆，本来好好的路都会被误会成是一条烂泥路。所以这条刚修的路就很不愿意让这个老人走，其他开车的人也不愿意碰到这个老人，因为她没有左右意识，不知道走路要靠右走，而是走在正中间，有时躲车却往左躲，需要车技非常好的人才不至于撞上对面的车，也给考驾照的人多出了一道难题，那就是还要考路上有老人走路的时候该怎么办。

奶奶之所以慢，一方面是因为老了，体力不济了；另一方面就是要躲这些来往车辆。每次有车，还没开到眼前，奶奶就慌了，见怎么躲那些司机都在摁喇叭，最后只好跳到下面的田里，等车过去后，再爬上马路继续走。又看到了一辆车，司机还没摁喇叭，奶奶先跳田了，害得司机以为隔老远就撞到人了，赶紧下车查看情况。

“老人家，你怎么了?”司机问。

“没事，我怕你撞上我。”奶奶回。

司机一看这老人什么事都没有，就摸着头疑惑地坐回驾驶室，继续往前开，一边开，还一边从后视镜里看那个老人，但见那个老人爬到路面后，瞧瞧前面，瞅瞅后面，看到没车才会走几步，但每走几步又往后看。

奶奶快到黄昏的时候才走到家，走到家一看，梧桐不见了，又出去找，在路上看到孙女走几步就停下来，跑过去一看，坏了，梧桐饿坏脑子了，正跟一条虫玩得很要好，马上拉起梧桐的手回家，给她做饭。而梧桐还不断地回头去看那只尺蠖，发现它还在慢慢地蠕动，等梧桐吃完了饭，来到门口时，发现被她掉转方向的尺蠖已经上门做客了，此时正弓着身子向她讨水喝。

梧桐伸出手，让尺蠖沿着她的手指爬上来，爬到掌心后，这只永远向前的尺蠖就有些头晕了，因为五根手指好像每一根都是正前方，去哪根不去哪根都不会迷路，最后反而迷路了，于是它就被困在了梧桐小小的掌心里。

梧桐手掌的命运线、感情线等其他线还没完全分明，也就是说现在去算梧桐的命，一定算不出什么，要等梧桐再大几岁，手掌大一些后，才能判断出梧桐这个人以后是富贵还是贫贱。虽俗语老讲“三岁看到大”，但三岁的小屁孩啥都不懂，吃饭要人喂，走路要人扶，洗澡要人帮，要是有人能准确说出这么个小不点以后的命运，那就真有点骗小孩了。

梧桐见尺蠖爬上自己的手掌后，就想知道它到底走哪一根手指，按理说小拇指的路程最短，中指的路程最长，脑子不正常的人才会舍短取长，然而这个尺蠖只是一条虫子，一条还搞不清状况的糊涂虫，它既没挑小拇指，也没挑中指，而是挑了大拇指。

大拇指是最宽阔的一条马路，它在上面不用担心掉到地面，而且只走了一步就来到了大拇指的尽头，尽头是一棵滴着油脂的桑树，一只昆虫不知道是被雨滴困住了，还是被油脂缠住了，反正就是逃不脱了。当尺蠖沿着大拇指爬上树后，看了一眼那只可怜虫，然后就沿着树干爬上去了。

上面有刚发芽的桑叶。

这是个养蚕的好日子，蚕蛹还睡在装雪花膏的盒子里，盒盖上画了几只站在树枝上的鸟雀，由蚕卵到蚕蛹需要经过漫长的周期。在这个周期里，梧桐最喜欢成蚕期，所谓成蚕期，意指蚕成了白白胖胖的蚕宝宝，即将化成蚕蛹，化蛹之前，食量大增，需要每天都去采桑叶才能喂饱它。

不过现在雪花膏盒子里的还是一颗颗白色药丸似的蛹，它们还在睡觉，需要再过几天，蛹里才会钻出产卵的蚕蛾。这些蛾子雪白雪白的，在昏暗的灯光下交配时会极速振动翅膀，产完卵后会浑身抽搐，然后死去。死亡后，梧桐就会将其埋葬，就埋在院里那棵桑树下，然后让蚕蛾产出的卵又完成新一轮的生命循环。

桑叶才冒青，还没到成为蚕宝宝美食的时候。所以梧桐就有时间陪那只除了颜色不一样，其他都很像春蚕的尺蠖。这只尺蠖已经不见了，或许是因为树枝也是褐色的，它本身也是褐色的，所以才让梧桐看不见它了。

春雷一响，所有的动物都不再冬眠，都从巢穴里出来了。不过蹲在鸡圈外的梧桐却觉得今年的春雷来得格外早，农人还未播种，只是刚发完种子，雷声就响了，要是在其他时候，梧桐还能躲起来，但此时却躲无可躲，好在关在鸡圈里的陆禄一直安慰她，这才没让她吓破胆。

梧桐见天雷隆隆，也想钻进鸡圈，陆禄生了气，梧桐才让了步。很多人都往林双喜家赶去，这是一个流传已久的习俗，谁家生了小孩，不管是在白天还是夜里，不管是在医院还是家里，都要赶去看上一眼，因为谁要是除小孩父母之外头一个见到这个婴儿，谁接下来的几年就会顺风顺水，就像讨到了头彩。

陆禄知道这个习俗，但梧桐不知道，所以梧桐见陆禄要出来，就有些奇怪了，因为陆海空不会关他一辈子，天一亮就会放他出来，而且此刻离天亮也没多久了。不过当陆禄把这个习俗告诉她后，梧桐的心思也活了，此时她已经在想办法怎么溜门撬锁了，情急之下，梧桐差点忘了把那件最重要的事告诉给陆禄。

梧桐说："我养了两条龙，不过有一条飞走了。"

陆禄说："现在不是开玩笑的时候，等我自由了，随便你开什么玩笑。"

梧桐说："是真的。"

这的确是真的，严格说起来，还没有多少人见过那条飞龙，贺喜、春姑也只是看到它在天上飞，没有仔细观察过，所以就不算看过，梧桐的奶奶把龙蛋磕破以后就进屋了，所以也没看过，真正看过的只有两个人，除了梧桐，就是林双喜。

林双喜是还怀着孕的时候见到的，就在那天夜里。那时她刚把登门来商量婚期的马先风送出家门，回到屋里肚子就有些疼了，这让她觉得奇怪，因为预产期还有好几天，不过她没多想，而是躺下了。她把蚊帐放下，盖好被子，有些闷热，就把被子踢到一边，摸着肚子闭上眼睛，还是觉得热，就找来一把蒲扇，不过她没往自己身上扇，而是去扇肚子。

扇了一会儿，好像不怎么疼了，于是她又用被子盖住肚子，准备睡觉，模模糊糊间，看到头顶的蚊帐好像有东西在动，她擦擦眼睛，以为是一条蛇，但又不像，比蛇长，比蛇大，浑身是青色的，头上有一双鹿角，腹部和背部都是鳞片，正睁着一双像兔子一样的眼睛在看着自己。

林双喜吓坏了，刚想叫人来，就听到一声胎儿的哭声，她生了，再去看那条龙，已经不见了。她先给马先风打电话，马先风接到电话后又去通知贺喜，贺喜那个时候跟春姑刚回到家，春姑在给他下面，端着面出来，看到贺喜接了一个电话就匆忙出门了，放下面也跑了出去。

所有人都往林双喜家走去，争相去看林双喜怀抱的婴儿，追贺喜而来的春姑见误会了老公，母性大发，一个劲地夸婴儿长得俏。所有人没有最先恭喜林双喜，而是先去夸赞马先风，夸他有福气，还没将林双喜娶进门，就提前有了儿子。

马先风没做过父亲，有些发晕，还是贺喜让他去抱，他才笨手笨脚地将孩子抱在怀里，又惹哭了婴儿，林双喜伸手接过去，掀开衣服，揉揉胸，把乳头塞到了孩子的嘴里，马先风看呆了，贺喜见状，把大伙轰赶到客厅。

马先风春风满面地来到客厅，坐到贺喜对面，扫了他一眼。贺喜咳嗽了一下，每次贺喜咳嗽，大家都知道他要说话了，而且是说很重要的话，果不其然，贺喜站了起来，对马先风说："取个名字吧。"、

这话正中马先风的下怀，他也站了起来，背着手来回踱步，在

思考该为儿子取个什么样的名字，其实名字他老早就想好了，男娃名、女娃名各想了一个，本来直接将男娃名字说出来就好了，可他偏不，还故作姿态地思考，就怕别人说他因为不是自己的亲生儿子，取名就随意，所以他要用自己的这副架势消灭可能会出现的风凉话，不过最为关键的是，他对于人们喜欢不喜欢自己取的名字没有把握，毕竟不是自己的种，别人喜欢好过自己中意。

所有人都看着这个大作家，他们看不懂他以前的文章，不过一个名字总能说出是好是孬，现在就等他说出那个名字，他们才好及时把好话送上。当然，这些人中还是会有持异见者，他们不会直接说名字不好，而是会根据五行提出自己的疑问："取这个名字好像缺水?"

又或者："取这个名字好像缺木?"

总之，只要还讲究八字五行，就不愁没有他们说话的份，因此不管马先风取的什么名字，他们都能说出个子丑寅卯，几乎所有人都成了大师。马先风没有想到这方面，他更在意名字的寓意，所以当他把取的名字说出来后，没想到会遭到这么多人的否定。

"马司北。"马先风说。

首先表示反对的是贺喜，他觉得这个名字不行，先不说符不符合五行命名法，单单这个姓就错了。

"这一胎毕竟是金银的，我看还是姓金好，"贺喜说，"将来你们再生一胎时就可以姓马了。”

贺喜看到马先风的脸色变了，安慰说：“现在不比从前了，已经允许生二胎了，所以你很快会迎来自己的亲生儿子。”

贺喜话刚说完，陆海空也说话了，他针对名字提出了自己的看法：“我觉得司北这个名字不好，听上去像骂人的话。”

“骂人?”马先风疑惑了。

“你用客家话念念这两个字。”陆海空说。

马先风念着念着脸上霎时出现一片赧色，不好意思地说：

“确实是客家话屁股的意思。”

他没想到这些人连名带姓全给否了，全身立马现出颓势，一屁股坐了下来，两手摊在腿上，瞧着这些人为一个名字吵得面红耳赤，一个说这个好，另一个说那个好，好像刚当爸的是他们，他只是一个可有可无的路人甲。

他懒得再说话，既然儿子连姓都不是自己的，即便自己想出再好的名字，也会被全票否决。他的眼前慢慢地模糊成一片，这还没结婚，就已经饱受婚姻之苦了，要是真结了，岂不是会让他脱一层皮?

他知道，古往今来，像他这种情况的不知凡几，既然他们都可以接受，为什么他无法接受，再说了，正常婚嫁的男女也会遇到许多棘手的难事，为什么他一遇到事就想当个甩手掌柜。直到此时，他遗忘已久的往昔才逐渐浮现出来，高中毕业后，他之所以毅然决然地北上，就是为了逃离这种令人窒息的氛围。他从小到大，几乎每一个阶段都被人说，几乎哪哪都是樊篱，原以为离开了，没想到最后又阴差阳错地回来了，回来后才发现年轻时的外出只是一次美丽的意外，既然是意外，就不会每天都发生，而常态才是每天的重点。

之前教书是常态，现在则是在学会当一个丈夫之前，先学会当一个父亲。如果仅是如此也就罢了，可他这个父亲看起来只是一个权力被架空的皇帝，而眼前都是一班不服管教的文武大臣，为首的贺喜貌似忠厚，实则最为滑头，贺喜可以是曹操，然而他不会是汉献帝。

于是他站了起来，慢慢地站了起来，所有人都感受到了他的异样，都停止了争吵，大家都等着他表态，都用充满期待的眼神看着他，希望从他嘴里说出的话能够符合自己的立场。

“姓氏问题不容商量，其他随便你们。”马先风定了这场命名会议的调子。

这句话让贺喜忧，让陆海空喜。他们两个一个最关心姓氏，一个最关心名字，也就是说这句话符合陆海空的立场。

贺喜在给马先风和林双喜说媒拉纤的时候，曾再三在金银的大伯面前保证，林双喜肚里的胎儿一定会姓金，只要这胎能姓金，以后甭管还生多少，都可以姓马。换句话说，头胎姓金是马林结合的前提，没有这个前提，一切都甭谈。

贺喜不能失信于人，这也是他为什么如此坚持头胎一定要姓金。此时见马先风专门针对自己，那张整天笑嘻嘻的脸上登时就阴了，他没站起来，而是坐在凳子上说道："不行，一定要姓金。"

这是两种不同的调子，只要没最终定好哪种调子，接下来的所有讨论都白搭。空气一时凝固了，所有人都尽量控制自己的呼吸，就怕突然的咳嗽让气氛愈显尴尬。

"如果这样，这个爹谁愿意当谁当去。"马先风以退为进。

这个结果出乎所有人的意料，本来好好的一件事搞得这么僵，是所有人都不愿意见到的。有人试图缓和气氛，但没一点用，这两人都是头牛，顶上了，谁也不让谁。

就在众人即将不欢而散时，突然出现了一个声音："我还没发话呢。"

这是林双喜的声音。她在房间里都听见了，她觉得有些好笑，现在都什么时代了，还把时间浪费在这种事上，而且这些人把她当什么了，再怎么说她也是孩子的母亲，再怎么说她也是一个活生生的人，要是现在还搞女人不许上桌等诸如此类的老一套，她第一个不答应。

如若此地不留她，她大可以离开这里，天大地大，难道还会怕没有自己的容身之所？想到这里，林双喜终于鼓起勇气发话了，发完话抱着孩子来到了客厅，刚喝足奶在睡觉的孩子此时也醒了，好像要为母亲壮胆似的，哇哇地哭上了。

马先风听出了孩子哭声中的不满。他是个心思细腻的人，一有风吹草动都会浮想联翩，见林双喜满脸愠色，已经事先在心里琢磨婚事要黄了，一听到婴儿的哭声，觉得可能当不成他爹了。

至于其他人，对这种夜哭郎也不陌生。在这个乡村，几乎每一根电线杆子上都张贴有一张红纸，红纸上写着一首童谣：“天皇皇，地皇皇，我家有个爱哭郎，路过君子念三遍，一觉睡到大天光。”这是一种止哭童谣，一贴出来立马能让小孩夜里睡个好觉，不过现在遇到的情况较为特殊，看样子不管写多少童谣都无法让他停止哭泣。

看来只有给他确定了姓名，才能让他破涕为笑。对这个刚出生的婴儿来说，摆在他眼前的是人生中的第一道难题，即认父。如果姓金，那么他是个一出生亲爹就死了的可怜娃；倘若姓马，那么他跟其他亲爹还在的小孩一样幸运。

马先风已经意识到了小孩的困境，他格外同情这个孩子，他还这么小，甚至才刚呼吸这个世上的第一口空气，刚嘬这个世上的第一口奶，就有人要把成人世界的难题抛给他了，不管以后自己会不会是他爹，希望他将来都能摆脱这种桎梏，按照自己的意图生长，按照自己的方式生活，对其他人的话，他大可以臭骂一句：“老子的生活不需要你说三道四！”

如果无法摆脱，或者像马先风一样中途放弃，还不如现在就回到娘胎里，回到那个温暖的子宫里，拒绝落地，拒绝让自己成为人类的傀儡，拒绝让自己成为一个满身浊气的俗物。

“你们总要听听我这个当妈的说几句话吧。”林双喜说。

这话说得在情在理，不管这些人肠子里挂的都是什么小九九，有一个人他们无法始终避过去，那就是此时站在他们面前，一脸怒意，看不到丝毫当妈喜悦的林双喜。他们知道命名权不在他们手上，不在贺喜、陆海空手上，也不在马先风手上，马先风的话语权只有到他真正当了爹才有。但他们奇怪的不是林双喜要争夺命名权，而是从她嘴里说出的那句话。

“生之前我见到了一条龙。”林双喜说。

就是这句话吓了所有人一跳，只有贺喜还算比较镇定，每个人都去看她的脸，试图从她脸上看出开玩笑的痕迹，看到她一脸认真的样子，一个个都惊了，马先风更是尤为惊讶，他一直认为龙只是一个传说，就像他在课堂上说的那样：“龙是合成兽，角像鹿，头如驼，眼睛如兔，鳞如鲤，爪似鹰，掌如虎，是一个四不像的动物，之所以成为中华民族的图腾，是因为它预示着中华民族是由多民族构成的。”

没想到未婚妻的一句话，就让这个拼接、合成的神兽成了事实，马先风有些坐不住了，他可以暂时不要小孩的命名权，也不能让这种谣言蛊惑人心，他站起来，问道："你是不是因为生了小孩还没清醒过来？"

林双喜说："不，我现在说的每一句话都是真实的。"

马先风说："有什么凭据？"

林双喜慢慢地从襁褓里掏出一个鳞片，接着又拿出一个放大镜，陆海空抢过鳞片和放大镜，用放大镜仔细照着，没看出什么名堂，便将它们递到马先风手里，马先风左右照了一遍，笑了，说："这就是鱼鳞，是贺喜傍晚打到的那条开河鱼的鱼鳞。"

说着就把鳞片拿给贺喜。但贺喜没有接过去，而是在思考着什么，没有人知道他在想什么，只知道在这些人中最沉得住气的贺喜此时好像有些不对劲，陆海空为此找到了由头，讥道："哟，自己打的鱼都不认识了？"

"我认识。"大家一看说话的是梧桐，此时正牵着陆禄的手站在门口，"龙是我带回来的。"

梧桐说完就去抢那个龙鳞和放大镜，拿给陆禄，让他藏好。还蒙在鼓里的陆禄就有些头大了，拿也不是，不拿也不是。陆海空看到这小兔崽子居然跑出来了，气道："谁让你出来的？回去。"

"放心，"林双喜说，"我们的事一笔勾销，我不会拿你家陆禄怎么样，还有我再说一句，取名权一定要在我们夫妻手上，否则的话我还要你和贺喜赔偿那五十万人命钱。”

说完林双喜看了一眼马先风，马先风既惊且喜，因为刚才林双喜的话中出现了“我们”，这恰恰说明这场婚事不仅没黄，而且彼此间的关系还更加融洽了。

“对，命名权要在我们夫妻手上。”马先风站到林双喜身边强调道。

现在没有人会去管一个小孩子该叫什么名，不叫什么名了，因为所有的注意力都放到了那块所谓的龙鳞上。这是一件大事，如果这件事被证实，历史或将被改写，更重要的是，作为第一次发现活龙的乡村，可能会被上面嘉奖，从而建造一个观龙游乐场，到时所有人都不用种地打鱼了，收门票就能赚得盆满钵满。

这时人们才知道白天见到天上飞的真是龙。个个都去问林双喜，现在龙在何处，林双喜告诉他们，儿子一出生龙就不见了。

马先风一听到这话，惊骇不已，因为在他的阅读史中，一般只有大富大贵的人才能诞下龙种，没想到这个孩子不是乘象入胎，而是真龙再现，就像《高祖本纪》所说：“……是时雷电晦冥……则见蛟龙于其上……”再结合刚才的雷电，这个孩子真有可能非同凡响。

“这，这是龙子。”马先风哆嗦着说出了这个结论。

“不，这不是龙子。”梧桐说。

在这个语文老师面前，梧桐从来都很听话，但现在哪怕要冲撞老师，她都要把事实说出来，面对一个老师和一个小孩，当然所有人都会选择相信老师，不过贺喜却选择相信梧桐。

“我觉得梧桐说的是真话。”贺喜说。

贺喜将他见到龙一事跟大伙说了，大伙这才深信龙应该还在村里，而林双喜之所以见到龙，是因为胎梦使然，所谓的胎梦是指准妈妈在睡眠状态下某种心理活动的延续，说白了是林双喜太想“望子成龙”了。

“那么，龙现在去哪了？”马先风问。

“应该飞走了，”梧桐说，“我还有一颗龙蛋。”

大伙一听，倒吸一口凉气，谁都没料到这个无父无母的小女孩居然有龙蛋，纷纷劝她将龙蛋的下落说出来，但梧桐好像看穿了他们的心思，死活不说，不管那个小卖部老板怎么威逼利诱都无法撬开她的嘴。

小卖部老板一听有龙，第一个生出了小心思，不要说把真龙摆在柜台里展览，就是给龙拍一套照片，放在店里，再把广告打出去，一定会吸引全国各地的游客，届时何愁赚不到钱。

“我看还是先讨论我小孩的名字吧。”马先风见话题岔得越来越远，就想把话题拉回来，不过让他没想到的是，现在已经没人对取名有兴趣了，这也顺利让马先风拥有了自主权，他与林双喜对视一眼，得到对方的首肯后，马先风继续说道：“那么我就让小孩姓马了，名字的话，因为司北确实不好听，那就叫春雷，马春雷，你们觉得如何？”

没有人回应，马先风最后说道：“没有异议，全票通过，那就这么定了。”

梧桐见这些人不怀好意，就使劲拽着陆禄快点走，但陆禄在陆海空的瞪视下有些害怕，最后胆子一壮，果真和梧桐离开了这里。

“是不是没骗你？”梧桐说，“这是我养的龙。”

陆禄此时都在想回去会不会又挨骂，没听到梧桐的话。梧桐松开了他的手，看了一眼他的大耳朵，说：“放心，今晚你来我家住。”

这话真让陆禄放心了，一路上与梧桐有说有笑。快到梧桐家门口的时候，陆禄突然在昏暗的灯光下看到一只飞蛾，梧桐见到了，跑进屋拿起那个雪花膏盒子，将盒子打开，发现里面的蚕蛾不见了，转身跑到门外，冲陆禄大喊：

“不好，我的蚕飞走了。”

第十一章 银蛾

梧桐满月那天，一群人围在她家屋檐下，争相去看一个老人怀抱的孩子。老人看上去不太开心，倒是怀里的婴儿一直笑着看着她，老人将孩子丢给别人抱，自己回到屋里唉声叹气。

有人进去安慰她，让她放宽心，实在不行，大伙轮流去养她的孙女。但老人却说不是怕养不起她，而是一个女孩养不熟。这话的意思再明显不过，就是女孩一旦长大，早晚会跟人跑了。这些人就笑了，这才刚满月，就想这么远，岂不是自寻烦恼。老人还是没舒展眉头，不过不再叹气了，而是让这些上门来吃满月酒的赶紧进来，屋小菜简，没什么好招待，让他们多担待点。

一席话让这些最挑理的人都不好意思了，屋里只摆了一桌，他们人比较多，坐不下，于是有的人就坐在台阶上等，有的人背着手去院里看风景，当坐在屋里的人吃完后，就换成坐台阶的人进去吃，最后才轮到院里的人去解决残羹剩饭，从来没有这样待客的，不过没有一个人觉得有什么不好，所有人都像得到了最好的招待那样心满意足。

老人一边收拾着碗，一边跟他们致歉，本来老人不想办满月酒，要不是这些可爱的乡亲劝她，说不定梧桐真的无法长大了，这里的习俗是小孩不办满月酒长不大。

吃完后，这些人拿着红蛋各自回去了，这些红蛋比别人家办满月酒时发的红蛋小一圈，甚至两岁小孩都可以握在手心，有几个关系比较好的留下来帮老人洗碗、扫地、擦桌。而小小的梧桐正在一个人的怀里，那就是贺喜，梧桐一见到贺喜眼睛就发亮，贺喜瞬间觉得自己跟这个小女孩很有缘分。

一起来梧桐家做客的还有两岁的凤凰，凤凰看着梧桐粉嘟嘟的小脸，使劲掐了一下，让梧桐的脸都红了，一下子就哇哇大哭，贺喜将梧桐还给老人，出言教训女儿。

这是梧桐与凤凰的第一次照面。

贺喜牵着凤凰的手要回去了，老人抱着梧桐将他们送到门口，看到一个游僧来到门边，手里拿着一个满是缺口的饭钵，脖子上挂了一串掉珠的佛珠，头戴济公帽，身穿百衲衣，脚穿罗汉鞋，未到跟前，便闻到一股臭味。

贺喜让他停下，别往里进，游僧停下了脚步，打量着老人，老人是个抱惯佛脚的信徒，进屋去拿吃食，盛满了游僧手里的饭钵，游僧让老人借筷子一用，然后用筷子把饭钵上的肉夹回老人刚才装吃食的碗里，很快游僧饭钵里的吃食就没码得那么高了。

贺喜好奇地打量这个不沾荤腥的和尚，见他不用筷子就能吃饭，将脑袋高高仰起，把饭钵直接往嘴里倒，居然一粒米饭都没掉，游僧嘴边也没沾饭粒，且干裂的嘴唇不像刚吃过饭的样子，倒像饿了好几天。

“感谢女施主。”游僧双手合十道。

“大师从哪来?”老人问。

游僧说他不知从何处来，亦不知往何处去，只是吃百家饭，走千里路，风餐露宿罢了。老人见他说得玄乎，就没再说话，一旁的贺喜冷眼瞧着他，怀疑他是卖假药的假和尚，但这个和尚并未掏出什么药丸要人购买，而是盯着老人怀里的梧桐，好像从没见过婴儿一样。

“敢问女施主的孙女叫什么名字?”游僧问道。

老人一听，就奇怪了，一个刚满月的婴儿怎么能看出性别，而且这和尚也没往孙女裆部去看，只消一眼就说出了是男是女，立时觉得这不是一般的和尚，推门将他迎进屋。游僧倒也不客气，大摇大摆地走了进去，一边走一边留意四周环境，说：“此屋不大，却能藏龙。”

这话更是充满禅机，老人端来一杯茶水，让游僧快坐，快坐。游僧端起茶水一饮而尽，望着老人。

“叫梧桐。”老人说，“这可怜的孩子，一生下父母就不在了。给她取名梧桐，是觉得她孤苦无依，像梧桐一样孤独寂寞。”

“这个解释不好。”游僧说。

“那应该怎么说？”老人来了兴趣，在他旁边坐下。

“《诗经》有云：‘凤凰鸣矣，于彼高冈。梧桐生矣，于彼朝阳。’”游僧说，“自古人们栽桐引凤，是希望生活能平安喜乐，女施主莫说丧气话。”

“是吗？”老人有些激动，“我倒不知道还有这个说法。”

“不过，”游僧话锋一转，“此桐无法引凤，只会惹双龙相争，女施主在梧桐九岁时要格外留意，九岁是一个坎，只要迈过了这道坎，我包管她一生平安。”

站在门边的贺喜听他说的好像挺有道理，也想让大师帮他看看女儿凤凰的命相，没想到游僧一句话都没说，连看都没看凤凰一眼，就站起来往外走去。老人将他送到门口，目送着他渐渐走远，而身后的贺喜却将这个臭和尚大骂了一顿。

从那以后，这个老人与孙女梧桐相依为命，不再介怀孙女不是男孩，虽说九岁那年梧桐才会遇到劫数，但老人几乎每一年的春节都担惊受怕，不让她出去疯，就怕她碰到什么危险。

梧桐慢慢长大了，九岁了，只要平安度过这一年，老人就不用再操这么多心了，也不用每次去镇里买个东西都着急忙慌地往家里赶，就怕梧桐掉进了河里，或在山里迷路了。

就在老人以为今年也会像过去的八年那样平安度过时，没想到孙女不知道从哪带回来两颗龙蛋，她对于龙没什么偏见，也认为龙是吉祥兽，但它们出现的时机不对，如果在这之前出现，或在这之后出现，她都不会狠心将龙蛋丢到地上，好巧不巧，偏偏出现在这个要命的关头。

老人将其中一颗龙蛋丢到地上摔碎后，发现从蛋壳中孵化出一条小龙，立即往夜空里飞去，当老人准备将另外一颗龙蛋也摔了时，发现梧桐已经抱着龙蛋不知道把它藏在了哪，听到水缸里有声音，冲进去看，发现是那条开河鱼。

此时她已经没心情吃了，而且已经到了晚上，任何事都要等天亮再说。她来到梧桐的房间，看到她的被窝鼓鼓的，以为她赌气睡着了。可里面不是梧桐，而是那颗幸免于难的龙蛋，梧桐已经跑去找陆禄了，正想办法怎么把陆禄从鸡圈里放出来，最后还是陆禄悄悄让梧桐去他妈房间把钥匙偷了出来，他才能跑出来。

第二天，老人去叫梧桐起床，发现梧桐不在房间，摸摸被窝，没有一点暖意，好像夜里就没人睡过，急了，连忙走出门外寻。

传言乩童可以直接与鬼神沟通，谁家要是有了事，不管是大是小，都会去请乩童来扶乩，扶乩的意思是借助鬼神上乩童之身，或帮小孩“收惊”（也称叫魂或者招魂），或治愈癌症。

当小孩在户外遇到惊吓后，一般都会出现胡言乱语、头疼脑热的病症，当乩童手持黑旗召唤到神灵后，需要家人辅助，让家人登上屋顶，开口大喊：“回来吧，回来吧。”经过如此配合，小孩很快会恢复正常。

而一些癌症患者，一般都是被医院下了病危通知书，接回家里等死的。有的人见医院无法治愈，便去请乩童，经过一番扶乩，癌症患者很快能够下床，很快能够进食，消瘦的面颊也渐渐有了气色，很快变得如常人一般，不过这种疗法只能维持几年，几年一过，癌症复发，就是大罗神仙都束手无策。虽然如此，因为扶乩续了几年的命，所以许多人对乩童能治愈癌症还是深信不疑。

当老人找遍全村都没有找到梧桐后，就请来了这样一位乩童。乩童虽叫童，但也有年过半百的，这个乩童就是一位上了岁数、胡子花白的乩童，穿着黄色衣服，赤裸着上身，背上斜插一根黑旗，来到了陆家。

与梧桐一同消失的还有陆禄，所以这次这个乩童的任务不是召回一个人，而是召回两个人，这对他无疑是一个前所未有的挑战，但见他脸上渗出了汗水，胳膊上的汗水就像癞蛤蟆身上的疙瘩。

陆家早已搭了一架梯子，陆母此时正慢慢地往上爬，而地上的乩童已经开始做法了，双手紧握，翘起两根食指，直指天穹，嘴里念念有词，不知道在说些什么，不久全身就颤抖不停，望之似鬼上身。当背后的那根黑旗响动了，人们就知道乩童将神灵请下来了，此时正附在他的体内，利用乩童的嘴巴发出指令，站在屋顶上的陆母吓得两腿筛糠，不敢往地面望，但不看又不行，因为她要看乩童往哪个方向指，只有知道哪个方向，陆母才能往那个方向呼喊：“陆禄回来吧，梧桐回来吧。”

乩童最后往西边指去，西边有那条无忧河，陆母在呼唤的同时，梧桐的奶奶为了保险起见，与贺喜赶到河边，因为若梧桐与陆禄掉进河里了——陆禄会水没几个人知道，深谙水性的贺喜可以直接跳下去将他们捞起来。

陆母呼喊了半天，连鬼影都没见到一个，贺喜在水里游了几圈，也没见到，所以在屋顶上的陆母和在水里的贺喜都疑惑了，不知是大师法力不够，指错了方向，还是这个大师是红口白牙、净说假话的冒牌货。

于是陆母扶着梯子慢慢地下来，贺喜也穿好衣服回到陆家，陆母见贺喜摇了摇头，知道他在河里屁也没捞着；贺喜见陆母也摇了摇头，也知道她在屋顶上白喊了。两人慢慢地逼近这个乩童，大师还在闭着眼睛做法，没有算到此时在他面前有两个恨不得杀了他的男女。

陆母手里拿着扫把，贺喜手里握着扁担，准备同时将这个骗子扫地出门，打出门外。就在他们将要动手时，突然天边暗了下来，好像有人将天空偷走了，他们都抬头去看，看见天上黑压压一片，以为天黑了，梧桐的奶奶眼尖，看出遮住太阳的不是乌云，而是鸟儿。

准确来说，是鸽子和春燕。

身穿婚纱的白鸽与身穿黑礼服的春燕此时好像将天空当成了教堂，黑白交织到一起，白中有黑，黑中有白，分不清黑白，辨不明日夜。所有人都呆了，这些鸽子和燕子好像在争抢什么，互相拍打着翅膀，互相用喙攫啄，一时之间，难分高下。

陆母觉得很奇怪，她养的鸽子从来与燕子相安无事，梧桐的奶奶也感到很奇怪，在她家衔泥筑巢的燕子也从没和鸽子发生过冲突，为什么今天会出现这么反常的情况。等贺喜把眼光放回到那个继续施法的乩童身上时，顿时明白了，原来是这冒牌货成事不足，败事有余，引发了燕鸽之间的矛盾。

说时迟那时快，贺喜一扁担砸到了对方头上，乩童额头起了个包，疼得睁开了双眼，龇着牙道："召，召回来没？"看到眼前的贺喜怒目而视，吓了一跳，哆嗦着说道："还没召回来吗？那我继续施法。”

“施个屁，”贺喜又一扁担砸了过去，“睁开狗眼瞧瞧你干的好事。”

乩童这时才往天上看去，这一看把他吓得跌了一跤，误以为自己的法力变高强了，居然把鸽神和燕仙都给召下凡了。

陆母这时看清了，燕鸽争抢的好像是一只飞蛾，这只飞蛾足有巴掌大，巧妙地躲过了燕子和鸽子尖喙的攻击，此时正往陆家飞来。陆母吓得连连后退，然后和其他人返身躲进屋，关好门窗，只剩那个大师还留在院里，吓得连黑旗都丢了，正连摔带爬过来捶门，求里面的人快放他进去。

贺喜掀开了窗帘，说道：“你不是能通神吗？此时正是发挥你神通的时候，跑什么跑？”

乩童脸上红一阵白一阵，声音都变了：“混口饭吃而已，快开门让我进去。”

最后还是好心的陆母将他拖了进来，告诉这个本事没练到家的“大师”，这次钱就不给了，等哪天有了真本事，再把钱给他不迟。

“大师”抱拳不停，道谢不止，说道：“还望各位勿将这件砸招牌的事说出去。”

“你还想骗人不成？”贺喜怒了。

“大师”还想争辩几句，就看到鸽子和燕子已经追着飞蛾来到了眼前，正在不断地啄门窗，而那只飞蛾却不知道飞哪去了。

玻璃窗上都是眼睛，这些眼睛都在奇怪性情温和的燕子和鸽子怎么变得这么恐怖，再看它们的爪子，活像巨鹰利爪，把玻璃抓出一道道划痕。贺喜打电话报警，可电话那头的警察哪会相信这么无稽的事情，很快撂下了电话。贺喜又给马先风打电话，但马先风也没辙可想，他与林双喜也被困在了家里，正用毛巾把每一处门缝都塞上。

“快给冯琴打电话。”马先风急道，“看看他能不能用歌声安抚燕鸽。”

没有人相信冯疯子的歌声有驱邪功能，不过也没别的办法可想，只能硬着头皮给他打电话，电话响了好久都没人接，贺喜准备将电话挂了，却听到从话筒里传来一声懒散的“喂”。

贺喜喜道：“快，快，快唱歌。”

冯琴骂道：“又拿我消遣？”

贺喜说道：“不，不，我们被燕、鸽攻击了，你还不知道？”

冯琴回道：“我还没起床呢，怎么回事？”

贺喜说道：“别出门，你从窗户往外看看就知道怎么回事了。”

冯琴吓道：“我看到了，见鬼了。不过我唱歌能管什么用？”

贺喜急道：“让你唱就唱，以后想唱都唱不了了。”

冯琴没有挂掉电话，而是坐在了钢琴边，一边弹一边唱，弹几下，唱几句就去问电话里的贺喜，歌声如何。

贺喜真是哭笑不得，让他继续唱，甭那么多废话。歌声渐渐大了，琴声也慢慢响了，贺喜拿着话筒冲着扒门破窗的燕鸽，却无奈地发现，冯琴的歌声不是镇静剂，对它们没作用，而且由于歌声的出现，这些疯鸽癫燕更暴躁了，一听到歌声好像见血的狼，一只只睁着血红的眼睛，伸着尖利的爪子，看样子誓要把屋里的人生吞活剥。

贺喜在电话里说："疯子别唱了，越唱越糟。"

冯琴说："我一旦开口唱歌，每次都要尽兴了才罢休。"

贺喜说："大哥，行行好，以后随便你唱。"

冯琴说："那你说，我是不是比你有音乐天赋。"

贺喜说："是是是，整个村都没人能跟你比。"

冯琴说："只是整个村？"

贺喜说："整个镇、整个县、整个市、整个省、全中国、全世界都没有人唱歌比你好听。"

冯琴说："这还差不多。"

挂掉电话后，贺喜来到那个乩童面前，扑通一声跪下了："大师，你想想办法，虽然你没什么本事，不过你总认识几个法力高强的大师，让他们马上进村救我们。"

陆母插嘴道："也救救我的鸽子。"

梧桐的奶奶说道："顺便救救燕子，这些可都是益鸟。"

贺喜吼道："现在都什么时候了，还有心思关心这些。"

陆母和梧桐的奶奶不敢吱声了，那个乩童摸着脑袋，看他为难的样子一定不认识其他大师，搞不好其他同行见他本事太逊，开会交流的时候压根没叫他参加。

贺喜一看，立马瘫在了地上，嘴里喃喃自语道："这回死定了，这回死定了。"人们这才发现一向最稳重的贺喜原来最怕死，都讶异地看着他。

窗外的攻击更猛烈了。

就在这时，梧桐的奶奶看到天上出现了两条龙，每条龙背上都驮了一人，左边那条青龙驮的正是梧桐，右边那条白龙驮的则是陆禄，他们乘着龙像箭一般飞来。

昨夜，梧桐与陆禄的回忆没到山上，只到了河边，他们终归会忆一遍山的，但回忆哪比得上故地重游，所以当梧桐见蚕蛾往大顶峰飞去后，就拉着陆禄的手去追蚕蛾，但追了几步，梧桐又松开了他的手，折返回去，陆禄还在疑惑间，又见梧桐跑过来了，好像还怀抱着什么，是那颗藏在被窝里的龙蛋。

梧桐能感受到龙蛋的温度，跑在夜凉如水的路上也不觉得冷了，反倒是陆禄，对此次的远行没有一点准备，当夜露打在他头上时，他浑身打了个哆嗦，不禁抱紧了胳膊，但跑步没有胳膊的助力，和竞走没有区别，所以陆禄很快落在了梧桐身后。

梧桐往后看去，生气的样子让陆禄有点害怕。不过陆禄毕竟是个男子汉，不能就这么稀里糊涂地跟在一个女人屁股后面跑，还不知道为何而跑，因此陆禄就发话了："我们去哪？"

梧桐说："去大顶峰。"

陆禄问："这么晚上山做什么？"

梧桐说："寻龙。"

陆禄问："不是追那只大蛾子吗？"

梧桐的意思是，龙要寻，蚕蛾也要追，说不定蚕蛾就在给他们指路，陆禄一听气得呼吸都不匀了，让梧桐别闹，说着就去牵她的手，要拉她回去。梧桐也不知道哪来的劲，已经是第二次挣脱陆禄的手了，她的脸像夜里的露水那样没有温度，眼睛也没了往日温柔，而是像一块石头那样盯着他，陆禄被她盯得发毛，只好回到她身边，说："好，好，听你的。"

梧桐说："你不是一直要离开这里吗？现在就是一个机会，你难道不想知道龙在哪？"

陆禄小声地说："其他我不关心，只要你在就好。"

梧桐大声地说："你说什么？"

陆禄没再说话，而是牵起梧桐的手继续往前跑，他们跑了几步，呼吸越来越粗，大腿越来越酸，发现这样下去不行，反正知道蚕蛾飞向大顶峰，而大顶峰一直都在，始终都在，跑不了，所以只要走着去大顶峰就行了。

陆禄接过梧桐怀里的龙蛋，有点不敢相信，龙蛋看起来很大，其实很轻，抱在手里甚至都感受不到丝毫的重量，像吹出的肥皂泡沫一样。梧桐让他双手拿，小心别摔坏了，陆禄说一只手拿蛋，一只手牵她，正合适，梧桐见他拿得稳就没再说什么了。

他们越走越慢，因为越往山上去，路越窄越暗，陆禄停了下来，让梧桐听，梧桐听了一会儿，说："我不像你，耳朵那么大，什么都听得到。"

陆禄不乐意了，说："都什么时候了，还开玩笑。"

梧桐确实什么都没听到，陆禄听到的声音只有他一个人能听到，因为是他内心的害怕。置身于黑漆漆的夜里，四周都是沉睡的花草树木。这个时候，陆禄就在胡思乱想了，一会儿害怕见到鬼，一会儿害怕突然跳出一条蛇。

梧桐没说话，她早已不像几年前那样胆小了，再说现在有龙蛋在手，谅牛鬼蛇神也不敢出来，他们非常安全，比任何时候都安全，她也比任何时候都知道自己想要什么。陆禄觉得不能输给梧桐，听到的声音瞬间没有了，一切都安静了下来，更重要的是，他的心跳恢复了正常。

接下来就是上山的路了，他们虽然知道路就在脚下，但还是会走偏，走到旁边的灌木丛中，或者走到旁边的墓穴里，就在这个时候，陆禄手里的龙蛋忽然亮了，并且越来越亮，照出了一个可以容纳两个人的光圈，梧桐与陆禄这才把偏离的步子正回来。

“你说这到底是蛋还是灯泡?”陆禄问。

“龙是很神奇的动物，会发光有什么奇怪。”梧桐说。

陆禄吐了吐舌头，他发现梧桐变了，不是个子变高了，而是说的话变了，以前都是陆禄说话，梧桐听，现在是梧桐说话，陆禄听，哪怕陆禄想反驳，也找不到由头，也就是说，梧桐说的话比他说的话更有道理，更让人信服了。所以陆禄就不再说话，继续往前走。

这座大顶峰极少在夜里出现光亮，以前打猎的人还会在夜里叼一个手电筒，去捕树上的鸟儿，去抓陷阱里的野猪，但当野物变得越来越少后，大顶峰在夜里就彻底黑下去了，一点星光都不剩。

茂密的树丛戳着天上的星辰，这些发光的星辰就像电线杆上的电灯，不过由于树木的长度和密度，它们始终无法照射到大山的内心深处。

现在突然出现了一个发光的蛋，就让这些宿眠在大山里的鸟雀、走兽都睁开了眼睛，以为天亮了，抬头看了看东边，发现还一片黑暗，太阳还没出来，于是鸟雀又继续将头埋在翅膀里，走兽把探出洞穴的头缩回去。不过它们却睡不着了，这颗行走的太阳太亮了，亮得恍如白昼。

没办法，它们只好睁着眼睛看着这个发光体往山上走去，蛋在小女孩与小男孩的中间，照射出了女孩的左半边脸和男孩的右半边脸，夜风吹起了他们的头发，这些动物目击的是人类最为纯真的一面。

就在这个时候，一只飞蛾扑到了发光的蛋上，好像将龙蛋当成了虫卵。梧桐很欣喜，因为蚕蛾将发光的龙蛋当成了火把，或者当成了灯光，此时正附着在蛋壳上。

这是一只银色的蚕蛾，状似蝴蝶，全身披着银色鳞毛，头部长有复眼和触角。蚕蛾本来是不会飞的，虽然也有翅膀，但已经退化成摆设了，它的祖先其实会飞，也能飞，不过随着人类的驯化，已经成了唯一一种不会扑火的“飞蛾”。这些都是马先风告诉梧桐的，然而梧桐此刻见到蚕蛾不仅会飞，更有趋光性，转眼让语文老师说的话也打了个折扣。

陆禄伸手去捉蚕蛾，被梧桐打了一下。

陆禄委屈地看着梧桐，梧桐告诉陆禄这不是蛾子，这是她养的蚕蛾，刚刚从蛹里钻出来，陆禄也告诉梧桐，还是他教梧桐养蚕的，要不是他给了她几颗蚕卵，说不定梧桐到现在还会认为蚕是毛毛虫，更不会在路上一见到毛毛虫就认为是蚕，而且每次都是他帮她摘桑叶，不然就凭她的小身板，哪能够到树顶上最嫩的桑叶。

梧桐一听笑了，允许陆禄去摸一摸。陆禄摸了一手鳞粉，急忙在身上蹭掉，但每走几步就去闻手指，似乎有异味，又似乎没异味，他急了，马上就想找水洗手。

梧桐说：“放心，嘴巴沾了蚕蛾鳞粉不会变哑巴。”

陆禄说：“你骗人，大家都说一碰蝴蝶的鳞粉就会变哑，哪有水?”

此刻在大山怀里沉睡的村庄，确实有这种说法，说是吃了蝴蝶鳞粉会变成哑巴，因为不是白纸黑字写在书上的，所以这种说法一经流传就把所有长得像蝴蝶的虫子身上的鳞粉都视为失语毒药。

尤其小孩更不能碰，哪怕只是闻到了味道，都会变成哑巴，从而让夜哭郎变成哑巴鬼，让嘴最甜的小孩变成最不爱说话的。

蝴蝶的鳞粉传说和蓝采和花篮里的花粉有关。蓝采和成仙之前，常穿破蓝衫，一脚穿靴，一脚跣露，手持大拍板，行于闹市，醉酒而歌，歌云：“踏歌踏歌蓝采和，世界能几何。红颜三春树，流年一掷梭。”

有的人孩提时见过他，及至年老时再见，蓝采和颜状如故，于一酒楼乘醉骑鹤而去，成仙后，大拍板化为花篮，花篮中均是最负盛名的花粉。据说是贵妃最喜敷的一种。蓝采和见凡间太过聒噪，尤其对他的生平更是论得兴起，而且不单是人类传颂，连一些动物也争相传播其名，就索性将花篮花粉拈了一指甲，撒到凡间花丛中的蝴蝶身上，待蝴蝶翩跹起舞之际，顺势将鳞粉撒到了其他太爱说话的动物身上。

从那以后，有的动物不会说话了，有的动物不敢说话了，但凡有人沾到了这种鳞粉，登时也变哑了。

唯一的解药就是用水清洗。不过在这座大顶峰，此刻去哪找水给陆禄洗手，梧桐虽然不信这个传说，但还是有些害怕，要是陆禄真哑了，那她以后还能找谁说话，想到山上那棵老树旁边的青石板下有一个泉眼，泉眼只咕咚咕咚往外冒水，却没形成水势，也就是说泉眼只是冒冒水就完了，就像有人仰着头用水漱口一样。这处泉眼之前是一个出米石，相传在饥荒年间，青石板下每天都会出定量的米，这些米保证山下的人们不会饿死，但有一人尤嫌不够，握着一根锄头，将出米石的洞掘宽了，原以为洞一宽，米更多，没想到一粒米都没了，只咕噜咕噜往外冒水，从而让山下村民饿死泰半。

当梧桐拉着陆禄来到山上时，发现泉水没干涸，还在不断冒着，陆禄飞快地蹲下去，细细地将每根手指都搓洗了一遍，站在他后头的梧桐此时却去看东方，看太阳即将升起的地方，她手上的龙蛋也有些躁动了，在梧桐的手里不安分地跳动着，不过那只银蛾却还趴在蛋壳上，好像不知道龙即将破壳而出了。

梧桐第一次在黎明时分来到山上眺望村庄，看到村庄上空笼罩了一层薄薄的雾气，就像蒙上了一张薄纱，透过这张薄纱，村庄若隐若现，看不清哪个是自己的家，哪条是无忧河，哪个又是陆禄的家。陆禄洗完手后，与梧桐站在一起，眺望着山下，黎明时的空气清新好闻，让陆禄一扫倦意，这是一次不同寻常的登山，更是一次不同寻常的看日出，想到即将升起的晨曦，陆禄内心就有些激动了，手不自觉地揽在梧桐的肩上，梧桐却慢慢地来到那块青石板上，坐了下去，青石板藏住了她大半个身子，陆禄也回到青石板边，那颗不安跳动的龙蛋也在石头上，梧桐往后看了一眼那棵老树，那棵被龙妈妈的尾巴扫倾斜的神树，有些失望，龙妈妈和那个龙子并不在树上，而眼前的龙蛋却跳得更快了。

太阳出来了，万物被镀上了一层金光，天边更是出现了让梧桐心心念念的朝霞，宛如近在咫尺。不过梧桐的注意力却在龙蛋上，对眼前绚烂的朝霞视若无睹，倒是“山猴子”陆禄，像没见过似的，发出老响的感叹。

“你说龙妈妈和那条小龙去哪了?”梧桐说。

“你说什么?”陆禄说。

梧桐见陆禄对自己的话置若罔闻，有些生气，从青石板上站了起来，拿起龙蛋就要下山。

陆禄拦住她，说:“我们再等等。”

梧桐又走回青石板边，将龙蛋放在上面，然后让陆禄把那片龙鳞掏出来，陆禄把龙鳞递给了梧桐，梧桐将它放在了龙蛋旁，由于龙鳞的出现，龙蛋晃动得更剧烈了，那只蚕蛾还不知道龙蛋的光芒已经被朝阳盖过了，它应该去追日，而不应该再趴在蛋上。

梧桐蹲着观察龙蛋，她知道里面的龙很想出来，但是蛋壳太硬了，不管怎么钻都无法让蛋壳裂出一条缝，她想将龙蛋磕在青石板上，又怕误伤里面的雏龙。她来到陆禄面前，向他伸出双手。

陆禄说：“怎么了？”

梧桐说：“拿出来。”

陆禄说：“什么啊？”

梧桐说：“放大镜。”

陆禄这才伸手去摸裤兜，将那个放大镜拿出来，在浓重的雾气中，放大镜沾上了一层雾水，就像在玻璃窗上哈了一口气。梧桐抢过放大镜，蹲回到龙蛋旁，让陆禄闪一闪，别挡住太阳，陆禄疑惑地往旁边挪了挪，好奇地望着梧桐。

梧桐把放大镜对准阳光，去照射龙蛋，然而早上的阳光很弱，无法快速将龙蛋照出一个洞，所以梧桐握放大镜的手就有些酸了，她用两只手去握。陆禄觉得很好玩，跑到梧桐身边，求她让他玩一玩。

梧桐将放大镜放到他手里，让他照准了，别照偏了。陆禄照了一会儿就感到没意思了，就想把放大镜还给梧桐，但梧桐已经站起来了，留意着山脚下的那条无忧河，河里的水突然出现了一个很大的漩涡，将水里的落叶、塑料袋都席卷到了漩涡中心。

而陆禄照着的那颗龙蛋，也很快出现了一条裂缝，不断往外冒烟。陆禄吓坏了，张嘴喊梧桐来看。但梧桐还是背对着他，俯瞰着山下的无忧河，就在龙蛋破壳后，水里冷不丁出现一条青龙，梧桐高兴坏了，伸手去指："快看，龙子出现了。"

"龙蛋里的龙子也出世了。"陆禄说。

梧桐转身往后看，发现破裂的蛋壳中探出了一个龙头，这是一条长着龙角的幼龙，而那只大蚕蛾在蛋壳冒烟后，也突然飞走了，径直往山下飞去。在竹林中的白鸽和在燕巢里的燕子同时见到了这只大蚕蛾，都争相去抢夺这顿丰盛的早餐。

青龙飞出无忧河后，直接往大顶峰飞来，此时在蛋壳中的小龙也慢慢将身子钻了出来，睁着一双好奇的龙眼望着这两个小孩，陆禄不敢用手去碰，反倒是梧桐胆子比较大，伸手抚摸它。

刚出生的龙很享受梧桐的抚摸，仰头看到天上飞来的青龙，立马仰天发出龙吟，然后身子慢慢变大，蜕变成一身银白的龙鳞，旋即也往天上飞去，天上一时出现两条交颈游龙。再看山脚下，燕子和白鸽为争夺一只蚕蛾，不惜撕破脸皮，正打得不可开交。陆禄急坏了，那可是他家的鸽子；梧桐也急了，这可是她家屋檐下的燕子。正当两人不知如何是好时，天上的两条龙飞到了这两个小孩的头顶，缓慢下降，青龙把梧桐缠绕在自己中间，白龙将陆禄也缠绕在自己中间，不知道的人看到肯定会以为这两个小鬼就要被蟒蛇给吞了。

两条龙都示意小孩坐上来，梧桐扶着龙角坐在了青龙颈上，陆禄有些迟疑，看到梧桐都坐上去了，也坐上了白龙的脖子。

就这样，两个小孩，乘着两条龙先是在天空遨游了一圈，接着便直扑山下。

第十二章 牝鸡

燕鸽相斗不久，晴天变成了阴天，天上电闪雷鸣，风雨交加，层叠的乌云仿似龙身上的鳞片，滂沱大雨淹死了农人刚播撒的种子，至于雷电更是吓得小孩哇哇直哭，这种情况，甭管贴多少止哭童谣都不顶事。

一些小孩也顾不得雷雨天不能贴墙而站的忌讳了，纷纷靠在墙上。每当雷雨时节，一些老人不管小孩多恐惧、多害怕，都不让他们倚靠坚实的墙壁，说是墙壁会引雷导电，将立于墙下的人劈成两半。

挨雷劈是一种比喝“乐果”自杀还丢人的死法，因为只有做了坏事的人才会挨雷劈，如果被雷劈了，哪怕你还是小孩，都算一个坏小孩，或者说前世是罪大恶极的坏人。这些靠墙的小孩蹲在地上，双手死死地捂住耳朵，以为如此一来，就听不到那些雷声了，但雷声小了，老人的骂声却大了，老人把孩子拽到凳子上，小孩哪敢离开那堵心安之墙，任凭老人使出什么法子，小孩就是一动不动，雷电闪在小孩的背上，吓得老人再也不敢靠近，而是坐到一边，望着天边风雷激荡，对今年早到的雷电感到诧异莫名。

河水很快暴涨，贺喜泊船的岸边最先决口，汹涌的河水席卷着枯枝、塑料袋以及各种死鱼往路口灌去，最先遭殃的便是陆家，不过陆家由于地势过高，只淹了三个台阶，河水就往前流去，先后途经贺喜的家、梧桐的家，最后停在了马先风的家门口。

贺喜家只有春姑和凤凰在家，凤凰还没醒，春姑在化妆，化着化着，春姑鞋底就进了水，抬脚一看，发现水已经把桌脚、凳脚和床脚都给淹没了，弯腰脱掉鞋，将鞋里的水倒出来，一手拿着一只去敲凤凰的房门。发现敲不开，春姑索性一脚踢开房门，看到床都漂起来了，凤凰像睡在一艘船上一样，春姑赶忙扯开喉咙大喊："凤凰，快醒醒。"

叫了几声，凤凰才慢慢睁开双眼，揉着眼睛，从床上坐起来，抬头一看，发现天花板上的电灯变矮了，吓了一跳，再看母亲，哪还有平时的样子，口红都涂到了脸上。凤凰嚷嚷着要找鞋穿，却看到地上满是水，她的鞋不知道已经漂哪去了，二话不说卷起睡衣的裤脚跳下去，水顿时没过了她的膝盖骨。

春姑伸手将凤凰拉过去，跑到二楼，打开窗户，看到外面白茫茫一片，所有的屋顶上都站满了人，所有的屋门前都漂满了桌椅板凳，春姑让凤凰就待在二楼，哪都别去，然后径直跑到屋顶。

站在屋顶上看下去，大半个村庄都泡在了水里，奇怪的是还能看到那个不高的祠堂，祠堂屋顶上的黑瓦还在闪闪发光，水没有进入祠堂，在祠堂外面停留了一会儿，很快灌满了那个莲花池，刚冒出花蕊的莲花被拦腰折断，绿色的莲花叶上蹲了几只不明情况的青蛙，青蛙蹲在叶上，叶子随水漂走，青蛙一头扎进水里，冒出那双鼓眼睛，呱呱叫了几声，顺着河水往梧桐家游去。

梧桐家没人，那棵桑树只能看到树冠，从树冠里徐徐探出一个小小的脑袋，一只褐色尺蠖不小心掉到了水里，漂浮在水面上，以为还是路面，还想用自己的身体丈量路面，没想到水面让它无所依附，只能随波逐流，很快被水淹没，不知往何处去了。梧桐的家比别人的家小一半，此时淹没在水中，就好像被橡皮擦擦掉了，又好像那里从来没有过屋子，一直都是一块吃水的洼地一样。

淹没梧桐的家后，水最后来到了马先风位于村口的家，水能流到这里还不停止，说明村里的每一户人家都未能幸免，马先风已经将未婚妻林双喜接回家住，一方面是林双喜刚生了小孩需要照顾，另一方面是想在结婚前彼此多熟悉熟悉。此时马先风将毛巾塞住每个门缝后，端着早餐来到林双喜面前，林双喜躺在马先风的床上，两边额头各贴了一张白色的狗皮膏药，说是能有效缓解坐月子时由卧床引发的关节疼和腰疼，马先风将她的枕头垫高，一口一口喂给她吃，小孩在她怀里也一口一口地嘬奶水，马先风看了看肿大的乳房，咽了口唾沫。

林双喜笑道："你也想吃啊？"

马先风回道："先紧着儿子吃。"

林双喜问道："一直忘了问你，你是从什么时候开始惦记上我的？"

马先风回道："那天你坐在祠堂门外的池塘边，看上去格外美，从那天起我就惦记上你了，我对你是一见钟情。"

林双喜脸红了。

马先风没再说话，端着饭碗出去了，透过窗户看到外面的大水，眉头和心头同时打了个结，雨要照这样的下法，不出两天，整个村子都会被毁，届时所有没淹死的人都只能逃亡他乡寻求活路，再也无法魂归故里。按理说马先风没有那种落叶归根的心态，起码早年没有，但此刻不知道为什么，他对即将会出现的局面感到十分不安，可能现在他不是一个人了，而是有了老婆孩子，人一旦有了羁绊，就哪都不想去了，只想守着老婆孩子热炕头，将日子一天一天过完，直到过完平淡的一生。

马先风隐隐觉得这场豪雨是龙引起的，都说龙能呼风唤雨，现在风雨太大了，遮风挡雨又成了道难题。若能将龙屠了，说不定一切又会恢复原样，但他连只鸡都不敢杀，谈何屠龙，又拿什么去屠？刚才还是燕子鸽子满天飞，现在却连一只都见不到了，除了水面漂流的那些黑色燕羽和白色鸽羽，没有人相信刚才燕子和鸽子在这里打得你死我活。

争斗休了，风云又起，而且更甚燕鸽之战，看样子不淹死个把人誓不罢休，不把这个村子给平了，雨水不会止。马先风的眉头越皱越紧，内心也愈发紧张，如果不是还能通过电话与贺喜他们联系，他甚至都会觉得在这滔天洪水之下，只有他与老婆孩子幸存，听电话那头的意思，贺喜他们那儿没进水，这多亏了地势较高的陆家宅子。

“放心，水很快会退去的。”贺喜在电话里说，“我们还想吃你的双喜酒呢。”

“双喜酒?”马先风问，“怎么把我说糊涂了?”

“笨，”贺喜说，“就是说给你儿子办满月酒的时候顺便把你的婚礼也给办了。”

“哦哦，”马先风激动了，“还是你想得周到。”

说了几句，无话了，照目前的情况，能活下去都是奢望，哪还敢想喝喜酒的事。这是安慰话，贺喜知道，马先风也知道。马先风尤其明白在这种时刻，人的决心是活下去的前提，要是决心泄了，就等于一只脚提前迈入了火葬场。

挂掉电话后，他又跟冯琴打电话，他们虽是同事，不过平时不常走动，尤其马先风还兼着校长一职，更觉得与冯琴之间好像隔着什么似的，明明同在一个屋檐下教书，但见了面只能微笑点点头，一句话也不会多说。马先风是很羡慕冯琴的，羡慕他那种不羁和洒脱的生活方式，虽然这种生活方式屡遭人诟病，但却是马先风苦苦追寻而不可得的，每次见到冯琴在抚琴而歌，马先风就会在一边安静地聆听，但校长身份又逼得他不得不打断这种歌声，因为会影响学生上课，而且还让冯琴严格按照音乐课本教学，冯琴没办法，在校长在的时候，只好教学生们唱红歌，只要马先风一走，冯琴又马上教自己喜欢的歌，比如蓝采和常唱的那首《踏歌》：

> 踏歌踏歌蓝采和，世界能几何。红颜三春树，流年一掷梭。古人混混去不返，今人纷纷来更多。朝骑鸾凤到碧落，暮见桑田生白波。长景明晖在空际，金银宫阙高嵯峨。

他们的关系一直很紧张，起码在冯琴看来，这个马先风一直针对他，动不动就给他穿小鞋。在这种时刻，冯琴接到马先风的电话是有点吃惊的，他以为这个校长咸吃萝卜淡操心，放寒假唱歌也要管，于是就把话筒放在钢琴上，好像故意要让对方听见似的。

马先风在电话里听了一会儿琴声，要不是有要紧事，他一定会听冯琴弹完。马先风在电话里“喂”了一声，这是说重点之前的铺垫，因为是铺垫，所以常被人忽略，马先风是一个不喜欢被忽略的人，他写下的任何一个字，说出的任何一句话，都迫切想得到几倍或数十倍的反响，也就是说他说出的这声“喂”，起码要得到冯琴最少五个字的回复，最省事的可以是“校长，过年好”，如果再贪心一点，那就是“校长，祝你新的一年事事顺利，新婚快乐”。

但电话那头却一个字都没说，甚至连呼吸都没变，听琴声还是这么平稳，还是这么悦耳，冯琴居然将马先风打来的电话不当回事。其实冯琴是在等马先风说正事，只有对方说了正事，冯琴才能附和几句或者回答几句，现在打电话的人什么话都没说，就想让接电话的人先竹筒倒豆子说上一大堆，世上哪有这样的道理？

“雨这么大，”马先风到底先开口了，“学校会不会有事？”

“校长你就放心吧，”冯琴答道，“再说有那两棵桂花树挡雨呢。”

“话是这么说，”马先风说，“但是开学后桂花树不是要被卖了吗？”

冯琴一听愣了，他差点忘了这件事，由于最近几年入学的新生逐渐增多，而小学已经容纳不了这么多学生了，所以马先风就向县里申请拨款重建一座小学，但县里只能拨一半的钱，另一半需要他们自己想办法，由于村民们刚捐了款修祠堂，再让他们垫盖学校的另一半钱，实在开不了口，因此马先风又到处求爷爷告奶奶，但还是凑不够，好在有个在省城开公司的大老板拍胸脯保证，余下的钱他负责，这才让重建校园提上了日程。

这个大老板年纪轻轻，身家过亿，是村里唯一一个有了大出息的人。每年回家过年时，停在门口那辆价值百万的凯迪拉克就是一张最亮眼的名片，所有人都站在他家门口不敢进去，倒是老板本人见到乡亲，会热情地请他们进去坐。

马先风一落座，就觉得芒刺在背，哪都不自在，因为他不像那些单纯看热闹的乡亲，他是有事相求，所以他整个人都僵住了。

“马校长有事吗?”到底是大老板，一眼就看出了马先风的心思。

“是，是这样的，盖小学还差十几万块。”马先风不敢说下去了。

“这样啊，没问题，我出了。”大老板很豪爽，“不过，小学的那两棵桂花树能否卖给我呢?”

“啊，老板要桂花树干吗呢?”马先风问。

“放心，马校长，我没那么俗气，不是用桂花树做家具，”大老板说道，“我是想移植到省城，好闻闻家乡的桂花香。”

马先风坐不住了，他发现这个老板太精明了，用十几万就想买两棵百年桂花树，这算盘打得真好。他没说好还是不好，只说跟其他老师回去商量商量，然后就回去了，面前的茶是一口没喝。

回去商量的结果是大家都同意卖，毕竟十年树木，树人却要百年。而且也不是砍伐，而是移植，就像小学培养的人才始终要到外面闯荡，现在就当是这两棵桂花树毕业了，要出去见世面了，桂花树确实不像真正的学生，每年过年还会回家一趟，但要是想它们了，可以自己去省城看它们，大家都知道那个大老板很热情，老乡远道而来，一定会好好招待一番，等见到了桂花树，闻到了桂花香，再回村里教书也会更加卖力。

马先风被说动了，与那个老板签署了卖树合约，就等元宵一过，大老板请人将桂花树连根拔起，用大卡车拉到省城了。而且为了感谢大老板回报桑梓的热心肠，马先风早早就安排冯琴让学生排练唱颂歌，领唱的正是肺活量最好、声音最嘹亮的陆禄，到时一边是工人们挖树，另一边是大老板站在学生面前听合唱，想想就是一件名扬十里八乡的大喜事，等马校长接到对方打来的款项，不出几个月，一座气派宽敞的小学就会在原址上拔地而起，到时每周一对着旗杆升旗的学生个个脸上都会与有荣焉。

“我有些后悔了，”马先风说，“我觉得卖桂花树不妥。”

“为什么？”冯琴问，“两棵树而已。”

“你想想，自从决定卖树以来，发生了多少怪事。”马先风说，“又是龙，又是暴雨的，会不会是上天给我们发出的警示?”

“亏你还是作家，怎么如此迷信?”冯琴笑了，“这是一件好事，马校长就别多想了。”

那边冯琴刚把电话挂断，这边就突然雨过天晴了。马先风看到窗外，雷停雨歇，便将大门打开，发现一架彩虹高挂穹顶，更让他惊奇的是，天边的那两道云像极了龙，等云慢慢靠近，马先风揉了揉眼睛，难以置信地发现真是两条龙往这边飞来。

梧桐与陆禄此时乘着龙在天上遨游，在最开始的紧张过去后，陆禄已经在享受飞翔了，只见他紧握龙角，像驾驶着飞机那样俯冲过来，而梧桐因为双龙刚刚止群鸟干戈，便想让龙休息一会儿。

当龙从大顶峰飞来时，燕子与鸽子差不多要啄破陆家的门窗，躲在里面的贺喜、陆母、奶奶等人眼看就要葬身鸟腹了，眼尖的奶奶吃惊地发现孙女正乘龙而来，而陆母也发现儿子乘龙而来。

这两条龙还没到跟前，就发出震天撼地的龙吟，然后从龙嘴里喷洒出巨型水柱，这水柱倒在了那些燕鸽身上，让它们立时变得像落汤鸡一样，再也不敢如此嚣张了，见到有龙，瞬间恢复了原样，该回鸽子房的回鸽子房，该回燕巢的回燕巢，地上除了留下许多黑白羽毛，像什么事情都没发生过一样。

众人松了一口气，刚把大门打开，就看到那两条龙在天上不断盘旋，龙身边不一会儿就聚满了乌云，龙一吟叫，乌云就添厚一层，很快就从乌云里降下大雨，从天边打响雷。雨越下越大，雷越打越响，那条无忧河的河水很快暴涨起来，但骑在龙背上的梧桐和陆禄却一滴雨都没沾到，一声雷都没听到，看到龙在盘旋起舞，还从嘴里发出笑声。

梧桐下意识地去看地面，这一看就让她差点从天上摔下来，她发现地面不是自己熟悉的家乡了，成了一片汪洋大海，只有几个像蚂蚁一样小的人站在屋顶上不断地挥手，要不是看到那个在水里安然无恙的祠堂，梧桐说不定以为自己飞到了别处。陆禄也看到了在大水中的家，他的家没进水，那只站在院墙上的公鸡此时正扯着嗓子喔喔直叫，原来才刚刚天亮不久。

梧桐让龙停下，龙摆了摆尾，回头看了一眼梧桐，然后笔直往无忧河边飞去，当龙飞往河边时，漫出来的水也往河边倒流，当龙一跃冲入河底后，淹没村庄的洪水全部回到了河里，回到了河中心那两个被两条龙撞出的大窟窿里。两个巨大的漩涡急速转动，很快将洪水卷入其下，村庄旋即恢复了平静，除了树上的雨水、地面的积水、屋檐的滴水，一切都像没发生过一样。

双龙在河里畅游了一圈，梧桐也第一次见识到了河底世界，河底长满了水生植物，铺在河底的鹅卵石像电视上佛陀头上的肉髻，梧桐看得目瞪口呆，不敢相信地擦了擦眼睛，但双龙很快回到了天上，一身龙鳞被河水洗濯过后，发出耀眼的光芒，蹲在陆家院墙上的那只大公鸡，以为见到了两只大虫子，张开翅膀飞了过去。

所有人都惊奇不会飞的鸡竟像鸟一样飞了起来。

飞在空中的大公鸡一直去追那两条龙，陆禄乘坐的那条小白龙猛一回头，就吓得大公鸡喔喔叫唤，但还是紧追不舍，小白龙张开龙嘴，往鸡身上喷火，鸡立刻掩翅下降，但那个火红的鸡冠还是被烧着了，让这只雄鸡看上去更加威武凶猛了，几根鸡毛在大公鸡落地后，还飘在空中。

大公鸡的鸡冠被烧掉了，依旧高昂着骄傲的头颅盯着天上，天上那两条龙往祠堂飞去，最后降落到祠堂边。贺喜他们争着抢着跑过去。

梧桐从青龙背上下来后，发现龙立时跃上了祠堂的屋顶，成了一个眺望东方的镇宅神兽，而那条白龙将陆禄放回到地面后，呼啸着盘在了祠堂的其中一根柱子上，那根平常的柱子就这样成了龙柱，陆禄还在上面看到了闪闪发光的龙鳞。

这两个小孩还没从刚才的事中回过神，站在原地呆若木鸡，当贺喜他们赶到后，梧桐才在人们的口中得知发生的乩童招魂之事。梧桐的奶奶看到孙女平安无事后，那张老脸终于舒展开来，而陆母则一把抱住陆禄的脑袋，久久不愿松开。

那个没什么本事的老乩童厚脸皮地说是他召唤出了龙，把大家从水深火热之中解救了出来。

贺喜道："你再说一遍是你召唤出来的。"

乩童嘟囔道："是我和这个小姑娘一起召唤出来的。"

然后急急跑到梧桐身边，讨好似的看了一眼这个小女孩，迫切希望得到她点头同意，但梧桐没理他，而是牵起陆禄的手，说："困死了，我们回去睡觉。"

这话引出了陆禄体内的瞌睡虫，使他哈欠连天。陆母叫住了梧桐，她的意思是梧桐家刚遭水淹了，现在回去不仅无法落脚，也没什么吃的，说到这，梧桐的奶奶羞愧地低下了头，听着陆母继续说道："这样吧，来我家，我把早饭都做好了，吃完后，你就睡在小禄的床上，我让他睡我房间。"

梧桐摸着脑袋看着奶奶，但低着头的奶奶不敢去看孙女，陆禄在旁央求道："来吧，来吧。"然后牵起梧桐的手就往家里走去，后面跟了很多人，这些人见到这两个小孩能驭龙，瞬间对他们高看起来，不停地在交头接耳，所谈之事都是关于那两条龙的，他们在担心龙的出现到底是一件好事还是一件坏事。贺喜之前也在考虑这个问题，但看到双龙一条成了镇宅神兽，一条成了盘柱龙，觉得龙的出现是一件大喜事，是千载难逢的好事。

他给马先风打电话，想问问他在历史上或者其他地方有没有发生过这种事情，马先风在电话那头将看过的书在脑海里翻了一遍，最后答道：“翻遍史书，千古难见。”贺喜说：“你还待在家干吗？快点过来啊，还没结婚呢，就腻歪上了。”马先风回道：“你想哪去了，我愁桂花树的事呢。”

这件事贺喜也知道，以为马先风担心那个大老板变卦，便安慰道：“人家这么大的老板，不会骗你的。”

“我不是担心他反悔，是我想变卦。”马先风道。

“怎么回事？”贺喜问道。

跟着马先风就把他对冯琴说过的那些话也对贺喜说了，贺喜听完，沉默不语，良久过后才说道：“你说得确实有些道理。”

贺喜让马先风来自己家，好好商量一番，最好把冯琴也叫上，把所有相关的人全叫上，一定要想个两全其美的法子，看看怎么补救。最好是拿出一个既不得罪大老板，也能保住桂花树的法子。

梧桐与陆禄走了几步就闭上了眼睛，他们一夜未眠，太困了，要不是陆母提醒，差点撞树上了。梧桐的奶奶想背起孙女，但孙女已经长大了，再也背不动她了，而陆母也抱不起儿子陆禄了，最后只好一人牵一个往家里走去。

来到陆家，陆母让这两个孩子先坐一会儿，她把早饭放锅里热一热，梧桐的奶奶也进厨房帮忙，把早饭热好后，一人端着一碗来到客厅，刚想让这两个小孩过来吃，就发现他们已经头挨着头睡着了，陆母放下碗筷，从房间拿出一床被子，轻轻地盖在两个小孩身上，然后将陆禄的头靠在自己身上，梧桐的奶奶也将孙女的头靠在自己身上。一个母亲、一个祖母就这样站着，只为让孩子睡个安稳觉。

马先风到贺喜家后，发现冯琴早到了。本来冯琴没觉得这件事有什么大不了的，经贺喜这么一说，也觉得把桂花树卖了太可惜了，等看到马先风后，站起来冲他说道："不能卖，确实不能卖。"

但又一时拿不出不能卖的理由，起码现在想的这个理由不太充分，连普通人都打发不了，更不用说在商场浸淫多年的大老板。

"不能说价钱太少了，"冯琴说，"也不能说跟桂花树太有感情了，舍不得卖。"

"那你觉得应该怎么说?"马先风问，"刚才大老板给我来了电话，准备今天就把树拔了。"

"这么急?"贺喜说，"那就把实话告诉他，说桂花树是神树，卖了会坏事。"

但冯琴和马先风都不同意这个理由，虽然今天发生了这么多怪事，但大老板没亲眼看见，一定会认为大伙在拿他当小孩耍。有其他人做证也不行，大老板会认为他们串通一气，借机抬价，这对把契约精神看得比生命还重的他来说，一定不会接受。

打感情牌更不行，大老板这些年只有过年才回一次，其他时间都在省城，说实话他跟大家没那么深的感情，总不能拿小时候抱过他，或者逗过他说事，这更加行不通，每个成功人士，最忌讳的就是成功之前的丑事被人翻出来，这会让他失了面子，不行，不行。

就在几人僵持不下之时，一阵爽朗的笑声传了进来，那个大老板来了，贺喜将私藏的好茶叶拿出来，大老板人还没到，咚咚的皮鞋声先到了。冯琴他们起身分开坐，紧张地盯着门边，门边阴了一块，出现一个有些发福的脸，一身笔挺的蓝色西装搭配一条红色的领带，虽然怪异，却震慑住了屋里的所有人。

“哟，原来马校长在这啊。”大老板笑道，“害我好找。”

贺喜站起来把位置让给他，然后哆嗦着手给他倒茶。

“马校长今天有空吗？”大老板点了一根烟，“我叫的车已经到校门口了。”

“这么急吗？”马先风问道，“就不能缓两天？”

“不能缓啊，马校长，我得尽快搞定这件事，”大老板说，“公司还有一堆事呢。”

大老板让马校长去小学开校门，好让那两辆大卡车能直接开进去。马先风看了一眼贺喜和冯琴，贺喜咳嗽了一声，说：“其实我们刚才商量了一下，觉得不能卖桂花树。”

这话一出，大老板倒很镇定，反而让马先风和冯琴慌了，因为他们以为贺喜总要绕一大圈才会直入主题，没想到一上来就开门见山，着实让人招架不住。得亏是大老板，什么场面没遇过？所以听到这话，非但面不改色，说出的话就更耐人寻味了：“怎么？是价钱方面的事吗？”

“如果是钱的事，”大老板继续说，“那就不算事。”

“不是钱的事，”冯琴说，“是考虑再三，真不想卖了。”

“这位是？”大老板看着贺喜和马先风问道，“桂花树也有你一份？”

冯琴的脸上有些挂不住，尴尬地笑了笑，从大老板的话里，冯琴才知道对方也是人，听到不好的话也会动怒，只不过他没在贺喜和马先风身上发作，而是冲自己来了。

“这是学校的音乐老师，”马先风介绍道，“叫冯琴。”

“哦，原来是冯疯子啊，”大老板笑道，“别介意，开个玩笑。”

冯琴的脸立马拉下了，马先风用眼神暗示他沉住气，冯琴将眼前的茶一饮而尽。

“你们要知道。”大老板慢悠悠地说，“没有我的那十几万，你们就盖不了新学校，新学校盖不了，你们的孩子将来读高年级就要去镇里念，你们希望这么小的孩子这么快就成为寄宿生？”

陆家的客厅传来几声鸡啼，吵醒了正在睡觉的梧桐和陆禄，梧桐抬头一看，看到一张慈祥的面容，奶奶让她多睡一会儿，而陆禄也醒了，嘴边流着哈喇子，他的母亲正用围裙给他擦嘴，陆禄不好意思地笑了。

“妈，我饿了。”陆禄说。

“奶奶，我也饿了。”梧桐说。

陆母走进厨房，揭开锅盖，将锅里温着的早餐端出来。陆禄一直往梧桐的碗里夹菜，梧桐也让他多吃点，两个大人看到后，都笑了，说：“还有很多，你们都多吃点。”

话还未说完，院子里又传来一声鸡啼，原来是去县里卖鸽子的陆海空回来了，陆海空一见到那只鸡冠烧没了的公鸡，感到很奇怪，就踢了那只鸡一脚，那只鸡想跃上墙头，但由于没了火红的鸡冠，就没好意思再站在高处引颈高歌，害怕其他母鸡见了把它来取笑。

陆海空一进村就发现不对劲，四周像被水泼过，看到天上的日头，又不像刚下过雨的样子，走到家里看到陆禄这小兔崽子还在喝粥，就不满了：“现在什么时候了，才起来吃早餐？太阳都晒屁股啦。”

陆母插话道：“你的鸽子卖得怎么样了？”

陆海空回道：“都卖完了，个头大的每只卖了五十块，个头小的每只卖了三十五。”

“你卖贱了，”陆母不满地说，“个头大的应该五十五一只，个头小的应该四十一只，最近鸽价涨了。”

“我这是第一次卖嘛，”陆海空不正经了，“下次就有经验了。”

“下次还是我去，”陆母说，“我看你是为了早点回来打牌，才迫不及待贱卖了。”

“学校那边是怎么回事？”陆海空岔开了话题，“看那阵仗好像要砍桂花树。”

陆母还没答话，就看到梧桐把饭碗一撂，嘴边饭粒都没擦就跑出去了，陆禄一见梧桐不吃了，也放下碗筷从陆海空身边跑了出去。

等陆禄跑到院子里的时候，哪还见得到梧桐的身影，倒是那只公鸡一直站在院门口，注视着路面的动静，陆禄发现这只公鸡有点不对劲，只见它使劲伸长着脖子，试图发出叫声，但嘴里发出的不是“喔喔喔”的公鸡打鸣声，而是“咯咯咯”的母鸡下蛋声。

他没多管，踢了公鸡一脚，往学校飞奔而去。当陆禄跑到学校的时候，看到校门口开进了两辆大卡车，一下子将整个操场都给占据了，几个工人拿着铁锹在给桂花树松土，一根粗绳绑在桂花树上，就等把土松得差不多后，几个人一起合力将桂花树给推翻，毕竟是百年老树，没有那么容易推倒，几个人越挖越深，都快见到树根了，还是无法将树连根拔起。

站在一旁的大老板拿出手机，准备多叫人，梧桐一直去拽那些工人，不让他们拔树，但没有人听她的，大老板还命人将这个小女孩抱走。梧桐挣脱一个工人的束缚，直接往祠堂跑去，陆禄也跟在她身后。

“你去哪？”陆禄追上了她。

“我去叫龙帮忙。”梧桐说。

大老板见这么多人连两棵树都搞不定，就有些生气了，骂道：“你们是干什么吃的？实在不行就用锯子锯了。”

“这可不行，”马先风急道，“说好是拔，不是锯，白纸黑字可是写在合同上的。”

大老板见马先风拿出了合同，·不耐烦了：“反正已经卖给我了，你管我怎么运走。”

“大老板你可不能说话不算话，”马先风道，“要这样的话，我不卖了。”

“这可由不得你，单方面毁约你就不怕吃官司？”大老板威胁道。

直到此时，马先风才知道合同被动了手脚，或者说被玩了一个文字花招，合同上并没有直接写明两棵树的用途，只写了买树所出的费用，也就是说，只要付了钱，这两棵桂花树可以用来做家具，可以移植他处，甚至可以劈柴烧了，一生都与文字打交道的马先风就像玩鹰的最后被鹰给叼了，一屁股坐到了地上。

工人真拿出了锯子，此时已经在锯树了，刹那间天空暗了下来，两条龙飞离祠堂，盘在了两棵桂花树上，再看工人的锯子，发现锯齿都断了，便用斧头劈，却将斧头给劈卷了，几个工人不敢再劈，惊骇地望着大老板。

大老板愤怒地接过斧头，狠狠地劈在树上，没想到把斧子给劈飞了，差点削掉他的脑袋。

工头惊恐地跑过去：“老，老板，好像有龙？”大老板定睛一看，两棵桂花树上果真各自缠了一条龙，那龙须还好奇地左右探探，大老板捡起斧头，骂道：“有鳞的泥鳅，长角的蚯蚓，怕它作甚？”说完就过去砍其角，拔其须，没想到身子突然动不了了，梧桐一看，原来大老板被龙须捆绑了起来，就像蚕茧里的蛹，刚想发笑，龙就用角一顶，把对方顶到了十米开外，大老板被摔得鼻青脸肿，工人赶过去将他扶起来后，大老板吓得钻进那辆凯迪拉克，飞也似的跑了，几个工人也爬上大卡车，横冲直撞地离开了学校。

马先风给大老板打电话，表示很快会把钱打还给他。

梧桐与陆禄跟到门口看着狼狈逃离的车辆，相视而笑，再看不远处的那间祠堂，青龙好像还在屋顶上，白龙也还盘在柱子上。梧桐看到凤凰站在她家二楼，面无表情地看着他们，就用手指给陆禄看，但陆禄什么都没看到，凤凰下楼了，马先风拿起扫把在清扫落叶，梧桐与陆禄跑进去帮忙。

元宵节要到了。

2018 年 4 月 3 日于北京朝阳

图书在版编目（CIP）数据

梧桐栖龙 / 林为攀著 .— 上海 ： 上海社会科学院出版社， 2021

ISBN 978-7-5520-3457-8

Ⅰ.①梧… Ⅱ.①林… Ⅲ.①长篇小说—中国—当代 Ⅳ.①I247.5

中国版本图书馆CIP数据核字(2021)第068685号

梧桐栖龙

著　　者：林为攀
责任编辑：包纯睿
封面设计：@Mlimt_Design
出版发行：上海社会科学院出版社
上海顺昌路 622 号　邮编 200025
电话总机 021-63315947　销售热线 021-53063735
http://www.sassp.cn　E-mail:sassp@sassp.cn
照　　排：上海牧神文化传媒有限公司
印　　刷：上海信老印刷厂
开　　本：890 毫米 ×1240 毫米　1/32
印　　张：8.25
插　　页：1
字　　数：152 千字
版　　次：2021 年 4 月第 1 版　2021 年 4 月第 1 次印刷

ISBN 978-7-5520-3457-8/I · 429　　定价：48.00 元